No INFERNO
é sempre assim

e outras histórias longe do céu

daniela langer

no inferno é sempre assim
e outras histórias longe do céu

Porto Alegre
2011

Copyright © 2011 Daniela Langer

Preparação e revisão
Rodrigo Rosp

Capa
Bruno Osório

Foto da autora
Taís H. Hernandes

Dados Internacionais de Catalogação na Publicação (CIP)

L276n   Langer, Daniela
           No inferno é sempre assim : e outras histórias longe
           do céu / Daniela Langer. – Porto Alegre : Dublinense, 2011.
           96 p. ; 21 cm.

           ISBN: 978-85-62757-27-3

           1. Literatura Brasileira. 2. Contos Brasileiros. I. Título.

                                                                                    CDD 869.937

Catalogação na fonte: Ginamara Lima Jacques Pinto (CRB 10/1204)

Todos os direitos desta edição
reservados à Editora Dublinense Ltda.

Av. Taquara, 98/504
Petrópolis – Porto Alegre – RS

contato@dublinense.com.br

índice

histórias longe do céu
morrente 9
às moscas 11
para alguém que viu partindo 17
como que fora do tempo 23
das horas que se derramam 29
em todas as portas 35

no inferno é sempre assim
primo lucas 43
a metade do um 57
no fundo das metáforas 67
no inferno é sempre assim 75
arqueologia das práticas 83

Histórias LONGE do céu

morrente

E depois de todos aqueles anos e momentos e coisas afins, irão descobrir, ensimesmados, que nunca houve nada e que a verdade era apenas um não-pertencer um ao outro. E o vazio tomará conta. E a dor. E a incredulidade que lhes dará dor de cabeça. E comprimidos e comprimidos de neosaldina. E a enxaqueca. E findarão beijos. Olhares. Frases. Sexo. Começará a rotina de dias algentes – e serão incrédulos ao apartar as coisas da vida. Restará, por fim, um anúncio de vende-se apartamento e chamarão amigos e distribuirão entre briques a mobília. Inventarão novos dias, acenderão velas pelas noites. Nas fotografias, ainda se esconderão. Um ao outro, dentro de gavetas – em mesas de cabeceira.

às moscas

> *O bicho não era um cão,*
> *Não era um gato,*
> *Não era um rato.*
> *O bicho, meu Deus, era um homem.*
> Manuel Bandeira

Desejava sorte em forma de tostão perdido, como em todos os dias costumara. Naquela manhã, expunha sua magreza do lado de fora; do dentro, só sabia de ver. E como existência significa espera, rangia o corpo, enquanto não saíam as senhoras, os homens de gravata, os adultos que traziam pelas mãos crianças satisfeitas. Aguardava, bolsos rasgados – presença rude, primitiva. Olhos de bandejas, pupilas em compotas – interminável. Mantinha acesa pouca curiosidade, permitindo-se passear sobre quereres. Só suspendeu o tino no momento que a viu.

Olhos de mil olhos, postos através do vidro – papos-de-anjo, bem-casados, sobrevoo por figos vestidos de açúcar. Zuindo, fez-se descansar sobre tijolinhos de mariola. Gorda, azulada. Enormidade de existência, roçava patas peludas, movendo-se preguiçosa. Nos doces, varejando alimento – sibilava.

Rachou-se o instante e, em sua fresta, revelou-se uma verdade. E, no centro da cidade grande – no centro, es-

treito, de dentro de uma cidade grande –, se ele conhecesse as letras, na mosca leria provérbios.
   Dentro, o inseto. Esqueleto traçando arados nos sequilhos, assoviando em doces formas. Rápida. Asas teimosas, hipérboles. Banqueteava-se, enquanto ele quase de joelhos na calçada acompanhava trajetórias. Fronte espremida contra vitrine, respiração formando máscara, à mosca lançava teia invisível. Joelhos arranhando o vidro, os dedos de unhas roídas traçavam em invisíveis linhas o voo incessante. Doces misturavam-se. Quindins, balas de coco, matizes disformes pela fome. Hipnotizado. Nunca vira tão grande, r e d o n d a – abriu um pouco os lábios para deixar a palavra rolar à calçada. Colasse orelha no vidro, o zumbido lhe tremeria o tímpano. Satisbêbados, aqueles olhos que dele zombavam. Raiva.
   Ódio é uma dor que no estômago explode e termina em batidas extras do coração. Sabia porque acostumara. Sentia por bicho grande, do tipo bicho-gente que lidava nos dias. Invejava grandezas dos bichos com pernas, encaramujados em casacos que mesmo o frio sentia medo de passar. Agora, de bicho pequeno, do tamanho da unha mínima. Nunca.
   Da mesma matéria da raiva, o espanto. E veio zombetando pela espinha e explodiu em passo largo com os pés descalços. Raiva da mosca, do refestelo da mosca, da petulância na vitrine. Inveja dos rasantes sobre açúcares, das patas mergulhadas, pelos gotejando caldas. Uma gastura nos dedos que a primeira pedra viram, nos olhos que a primeira pedra pegaram. Bem combinavam, parelha de conjunto áspero, mão e pedra.

De novo, cócoras. Entre babas-de-moça, estava escondida a mosca. Chafurdava numa dobradura de tamanho, jocosa na luz fria – e não era a mesma luz que esquentava o lá-dentro? Era. O lá que ele não podia, nem sonhava. De onde a mosca o encarava. Sabida. Mil olhos no par único, zunzuindo em uma fartura que ele não pôde suportar.

Andou trajetória de mundo-todo em apenas dois passos, margeando o meio-fio. Sentiu molhado de poça d'água, sola do pé beijando calçada. Era todo pedra quando jogou força à vitrine.

Foi o estrondo. Chuva de estilhaço. Aconteceu, ruindo com o dia, o eclipse. Pasmado, numa miopia voluntária, causada por não acreditar no que não conseguiu cegar. Porque, no mesmo minuto em que os vidros choveram, alguém deixou para trás o calor da confeitaria. Pequeno como ele, gordo de luzir tal qual a mosca. No mesmo instante em que começou a chover vidros, o outro abotoava-se, quasaquaquando do frio. No mesmo minuto, ou no mesmo instante, ou, simplesmente, ao mesmo tempo em que os vidros choveram, ambos gritaram, e o berro os transformou, por fração, em iguais.

A vitrine despencou como temporal de verão. Vidro feito açúcar, cristais pontilhando o rosto do outro; dedinhos pescando estilhaços misturados à calda espessa. Sangue.

Eu não queria, ele pensou em dizer, mas engolia as palavras como queria engolir as mariolas. Como pesadelo, voz muda, a garganta fazendo pouco caso, rouca na angústia do imprevisível.

E esqueceu a mosca e esqueceu os doces, perdido no saber como sair dali, escapar dos outros bichos maiores que ele, encaramujadões em seus casacos. Cercaram-no, dizendo coisas que ele não entendeu. Pios, trilos. Acontecia que, no seu pesadelo, conhecia só uma língua muda que zumbia. Que, por uma questão de forma, não era a mesma língua do homem que lhe dera um empurrão, ou do outro homem que lhe passara uma rasteira, ou da mulher que lhe cuspira salgado.

Caiu, derramando-se junto à saliva que pintou o asfalto, turva e com jeito de quem não sente há dias gosto algum. E como há semanas não praticava o paladar, não pôde reconhecer sabor na sola das botas que lhe arrancaram dois dentes, mas soube quente o sangue que lhe encheu a cabo o céu da boca. Explodia-lhe mais que nunca a ira, arrebentando pelo corpo todo, misturada com a dor que nascia onde outros pés lhe chutavam as costas, onde outros pés lhe pisavam as pernas; bem casada com o pavor causado pelas mãos que seguravam as suas mãos, e torciam-lhes os pulsos até que ouviu o som estrídulo – seco – como quando quebrava os ossos de galinha, nas vezes em que comera galinha. Porém, logo outra dor vestiu-lhe mais forte – embora essa dor também fosse som, um som que nascia dele, crescendo nos braços e reverberando por todo o corpo, fazendo o coração bater duas vezes mais do que era preciso. Até que conseguiu olhar para frente e ver cabeças vermelhas e ver céu vermelho. E entre as cabeças e o céu, percebeu-a.

Olhos de mil olhos para ele, olhavam. Ele, que tinha globos que não serviam para quase nada, deixou de ouvir coisa alguma quando dessentiu a orelha na segunda vez em que a cabeça bateu na calçada. E, no segundo que antecedeu o instante que troou como desistência, reconheceu-a como se fosse agulha. Mínima. Submergida do sangue que brotava de suas narinas, varejando vida, a mosca.

para alguém que viu partindo

Para Caio F.

É a noite do sem-proveito, do gasto sutil, invisível:
estoy a oscuras: eu estou lá, sentado simples
e calmamente no negro interior do amor.

Roland Barthes

Atravessou o saguão do aeroporto, subiu pela escada rolante e, antes de deixar a esteira, encontrou-o. Não exatamente um encontro, pois não trocaram olhares, sequer a possibilidade de. Apenas ele, os óculos escuros, suas olheiras e, entre um e outro, ela. Misturou-se entre um grupo de excursão, disfarçado de alguém que espera a sua vez para se despedir. Sentia que o chão se transformava em mercúrio. Seus sapatos aderindo à nova matéria, os dedos mexendo sob a lona surrada e o rosto corado. A verdade dos calçados velhos lhe ardendo nas orelhas. A pobreza de sentidos transformada em mercúrio, esparramando-se pelo piso. Para algum desavisado, mais um rapaz olhando para sua própria sombra que, em perspectiva, apontava para o portão de embarque. Ninguém notou o passo lento, na medida em que a sombra avançava, quase um recuo. Estava perdido em um universo inconstante. Ele mesmo, vergonhosamente apontando para a vida do outro.

Percebeu-o quando o viu entrar, dobrando as mangas da camisa, tentando um falso despojamento ao escolher o canto do bar. Mediu seu maxilar enquanto ele pedia por uma bebida qualquer. Como pratos de uma balança, seus olhos foram de um até outro braço, adivinhando a força com que o homem apoiou os cotovelos no balcão. Um jogo. Atravessou o bar em sua direção, tentando descobrir qual o título que tentava apagar, mas que nunca conseguiria com aqueles frisos perfeitos na calça social. Alargou mais o sorriso ao constatar que tinha em sua frente um marido perfeito e quase pôde ver a cena da aliança deslizando para dentro do porta-luvas do carro. O outro arqueou a sobrancelha ao surpreender a si mesmo aquiescendo com um sorriso o cumprimento recém-feito. Excitou-lhe a forma com que maneava o sobressalto, aperto forte de mão. O outro tentou esquecer de si mesmo nos momentos que seguiram e, quanto mais ele lhe sorria, mais se sentia à vontade para também lhe sorrir. Simples, como uma coisa que há muito se deseja, quase fácil, o outro aceitou o deslizar de sua mão pela coxa, a coxa do outro em sua mão.

 Estavam isolados.

 Um tanto de tempo depois daquela noite, um contar de manhãs depois daquela terça-feira. Descobriram, ainda na primeira vez, que fechavam os olhos do mesmo jeito antes de gozar e que o gemido que um sufoçava na nuca do outro não preenchia apenas o espaço curto do quarto de motel. Vozes grossas, respirações ritmadas pela percussão do peito de um nas costas do outro. Os pelos confusos entre as coxas confusas.

 Estavam juntos.

A língua molhada no mamilo de um, o pau molhado na mão do outro. A aliança dia após dia na segurança do porta-luvas. A cama desfeita do meio-dia às duas. Esmagavam-se um contra o outro, esperando que, de repente, pudessem se completar. Os quadris refletidos, colados até o insuportável. Soltavam-se e escorriam, como duas gotas de mercúrio que acabam de se encostar.
Não nomearam o que viviam.
Muito menos tentaram adjetivar o que um sentia pelo outro. Não criaram apelidos íntimos, não usavam sequer os apelidos que desde a infância carregavam. Chamavam-se apenas pelos nomes. Próprios, pertenciam-se nas horas do almoço, nos fins de tarde. O nome dito em boca cheia. Como se, pela primeira vez, não precisassem de nenhuma alcunha senão aquela registrada na certidão de nascimento. A mesma que gritavam, palavra espremida entre os lábios de um e o peito de outro, durante o gozo. A mesma que sussurravam ao telefone no meio do expediente, eufóricos pela identidade enfim encontrada.
Eram diferentes.
Um, encaracolado em uma juventude quase plana. Apenas um deixar viver entre a banalidade do escritório e as tardes clandestinas. Arredio e de beleza quase pura, preferia as primeiras horas da manhã ou as últimas da noite, evitando o excesso de mundo, as vozes altas, as ruas sujas, as pessoas comuns. Como se a sua realidade disputasse minuto a minuto aquela imposta pela vida. E, talvez por isso, porque preferia ser alheio ao que lhe rodeava, não pôde perceber que o outro era exatamente reflexo de toda rotina maçante, de toda burocracia insuportável que

lhe aborrecia. O mais velho, por sua vez, enterrava em uma descoberta reconfortante toda a razão que havia lhe regido os dias. E, ao se derramar em suor sobre o outro, vestia-se de um véu leve e opaco, onde a vida passava a ser mais quente, menos precisa, onde a rotina tinha dado espaço para a incerteza do prazer furtivo, onde a sua inteligência tinha cedido inerte e, agora, ele estava lá, sentado simples e calmo no negro interior do amor.

Sabiam desde o começo que brincavam com hipóteses e estruturas quase indissolúveis, mas não percebiam que nem por um momento tentaram fugir à lógica de suas verdades. O mais novo havia se deixado pertencer e porque pertencia, em determinado dia, supôs que poderia cobrar. Como se o outro, aquele que correra metade da sua vida seguindo o mesmo rumo, estivesse disposto a enfrentar a solidão impassível que existe atrás de muros tão altos. Espantado, não conseguia entender como o outro continuava lá, sentado sobre os tijolos, enquanto ele não ousou questionar a altura de sua própria queda, deixando-se flutuar para o lado. Desistira cedo de entender as artimanhas de duas ou três inconsequências, questionou. Passando a mão em seus próprios cabelos, roçando sua pouca barba no peito do outro, aventou em voz alta possibilidades de futuro.

Seguiu-se então a ausência. E da ausência, como um amparo capenga e exausto, o outro, o mais velho, mostrou-se mais uma vez. Chamou-o apenas pela segunda pessoa do singular. Inconsciente, tentando afastar a dor remota, esfregando a coceira do membro amputado, desejou não ser sua a voz – e, nesse momento, sentiu raiva de seu próprio tom –, a voz que, em frases curtas, palavra por palavra, tentava algum tipo de explicação, enquanto o mais moço, do outro lado do telefone, desejou ser gelo e logo em seguida ser mais leve que o ar, algo assim, que pudesse lhe tirar a sensação de estar a derramar sobre si mesmo.

Não havia mais ninguém.

Era apenas ele, mercúrio esvaído, derretendo tíbio pelo poder do sol. O outro sorria exercendo sua regência plena, abraçando por vezes a mulher ao seu lado. Amigos se despediam, abraços, beijos nas bochechas femininas, cumprimentos truculentos entre os homens. Nos braços, tanto o outro quanto ela, casacos. O couro brilhando e, no vácuo recém-criado, pensou que até mesmo podia sentir o cheiro da roupa nova.

No centro do pequeno universo, o outro exercia o costumeiro controle entre os seus. Integrando diante de si aquele pequeno sistema, mantinha com seus sorrisos de despedida uma falsa ordem. Enquanto derretia, reconheceu os dedos que acostumara a sentir enrolados nos pelos de seu peito, afagando os cabelos loiros, enquanto o casal caminhava até o portão de embarque. O outro não olhou para trás. Muito menos imaginou que ele percebia suas costas quase arqueadas, talvez por um peso até desconhecido. O outro, que poderia estar satisfeito; afinal, sempre tentara impor para si uma lista tangível de obrigações para a vida e, assim, cumprindo cada uma delas, sonharia em vislumbrar um pouco de felicidade; que poderia estar murmurando que ele chegasse logo, e que fosse rápido, que não lhe desse escolha, dizendo entre um beijo que fugissem dali para um lugar mais limpo, onde poderiam andar descalços e esquecer as portas abertas; que, como ele, estivesse murmurando baixo, fingindo cantar uma música antiga, uma música que há muito não tocava no rádio, que, como ele, estivesse estático como um inseto submisso, preso à teia, engolido, embarcando sozinho na angústia contraída do plexo solar.

como que fora do tempo

> *Los amantes rendidos se miran y se tocan*
> *una vez más antes de oler el día.*
> Julio Cortázar

Depois que acende o cigarro, balança duas ou três vezes o fósforo até que apague. É engraçado como todos os fósforos carregam por segundos a apreensão infinita de que nunca se acenderão e ao mesmo tempo pareçam tão inúteis que sejam balançados como coisas mortas depois do uso. A chama morre no prato, solta um rio negro que corre e se mistura com os grãos de arroz, ou com um pedaço frio da tortilla ou com as cascas do pêssego. "Seis da tarde, a hora grave", seus dedos brincam de catapulta com os talheres sobre o tampo de fórmica. Ela sabe que não demorará muito para que todos abandonem as outras mesas, então o movimento deixará de ser propriamente movimento e, no fundo do restaurante, a pilha de bandejas se tornará cada vez maior para, em segundos, sumir e parecer como algo que nunca existiu.

É sempre difícil perceber o deslocar das horas entre uma e outra parede. A igualdade do concreto é quebrada por meia dúzia de cartazes explicativos, feitos à mão, sobre normas de convivência, tabelas de preços. E tem as setas que, de certa forma, são confortáveis com suas prestativas indicações sobre a rotina. Enquanto ela ouve histórias da outra mesa, uma mosca cruza sua frente para lá e para cá, bolinha arremessada por crianças jogando pingue-pongue. Lembra-se, entre uma tragada e outra, que não recolheu toda a roupa do cesto e, por isso, terá mais trabalho quando chegar em casa. Alguém pergunta as horas e pede um café. Lembrou que chovia e um céu de guarda-chuvas se abriu por La Plata na manhã que atravessou a Uspallata e passou pela loja de usados, mas não pôde lembrar se o livro que viu na vitrine era Wells ou Lugones. Suspira, pois essa parece ser mais uma dessas tardes em que lhe dói a obviedade de que o mundo nada mais é do que um cilindro, do que uma máquina, do que uma engrenagem qualquer; uma dessas coisas que, girando à sua maneira, conduz todos para um lado. E depois de um lado para outro. Suspira, nada poderia importar tanto assim.

Até que resolve caminhar, um certo jeito falso de caminhar, e deixa o restaurante. Seu olhar contorna a mesa à direita. Então, todas as mesas passam a ser uma só mesa à direita, estendida no saguão. Quando por fim sua sombra cruza a porta e se afasta à esquerda, não pode sentir, mas, no balanço de sua saia, balançam todas as moças do mundo, refletidas em tecidos que dançam nos ladrilhos caleidoscópicos do corredor. O corredor, que todos chamam por esse nome, embora seja uma passarela construída no terceiro andar para unir o prédio do refeitório ao da biblioteca, é uma estrutura de vidro onde os reflexos se multiplicam como fósforos riscados pelo sol que entra por todos os lados. Uma moça desfeita em milhares de faíscas, alheia ao mistério que é andar entre um suposto corredor onde as janelas estão postas frente a frente e, por serem obrigadas a se enfrentar, se encaram e roubam, descaradamente, o reflexo uma da outra.

Ainda tenta decidir entre Wells e Lugones e, distraída, não percebe o bosque que nasceu no meio do caminho, um bosque alucinado brotando ao seu redor. As folhas que entram pelas janelas da direita, seguindo a lógica que tudo que acontece ali se repete logo aqui, são de pronto copiadas pelos vidros à esquerda. Quando o salto da moça se fez ouvir, o bosque já lhe cobria o reflexo, e as folhas exalavam o mesmo cheiro de pinho que exalam em muitos jardins de outono, e lhe será impossível deixar de sentir o calor do resto de sol – o mesmo sol que se espalha em uma cozinha de janelas amplas, quase uma parede inteira de vidro, em algum sobrado suburbano de Paris.

Ela deixa o pêssego resvalar entre seus dedos, a carne úmida parece sofrer a recente exposição; na outra mão, ainda repousa a faca, um pedaço da casca, serpentina delicada pendendo direto ao chão. Ele prepara o café e, assim de costas para ela, é apenas um bom moço, algum jovem bastante branco que coa o café. Os dedos quase meticulosos em uma dança fugidia com o filtro de papel. Sentada à mesa de fórmica, sofre dedicada à limpeza do pêssego, como se a umidade lhe amortecesse os dedos e estivesse tão cheia de palavras a ponto de explodir, madura feito um durazno en el verano. Na cozinha, o sol entra pela persiana em Clamart, o cachorro fuçando a grama no pátio, uma folha amarela quase ouro grudada na sola dela. O rapaz beija a moça, a pega pela cintura, giram cento e oitenta, coração embrulhado no estômago, lembra tobogã, sentindo-se tão bem, coração embrulhado em papel crepom, formigas nos pés, jogando amarelinha, exatamente assim, como se jogassem amarelinha, o calor dos raios de sol nos cílios, imprevisíveis, ter que pular num pé só, um pé só, um pé, leve cócega na panturrilha. Desconversas, a delícia plena de só estar ali, o consolo do completar-se, o equívoco que é supor completar-se, a saliva, as salivas. A moça beija o rapaz, acaricia seu pescoço, o arrepio como se acariciá-lo fosse quase acariciar seu próprio pescoço. Beija sua boca, ela contorna seus dedos que cheiram a café, beijam-se na boca, a luz opaca do fim do dia desliza pelos janelões de uma cozinha em Clamart. Até a noite. Uma janela no escuro não é janela. O rapaz olha para o vidro, no reflexo, os corpos feito sombras. Uma janela depois do dia é outra coisa, feita para ver por dentro. Então, quente. Ele morde o lábio dela, a gota de sangue úmida. De repente, ele sente a repulsa, os lábios dela em repouso, a gota brilhando madura como um pêssego. Uma esfera, uma gota, ela abaixa os braços que, estendidos, o afastam, brusco, beija seu pescoço, a noite sem lua, as coisas todas começando a mudar com a falta de luz, o cheiro esquecido de café, o pêssego deixa um rastro viscoso enquanto resvala pela mesa de fórmica, a noite cimentando a casa de paredes nuas, ela desvia o rosto, finalmente se desvencilha dele, assustada, a gota pende dos lábios, pálida, e, por um segundo, ele pensa que o sangue da moça está todo naquela única gota. O mundo nada mais é do que um cilindro, do que uma máquina, do que uma engrenagem qualquer; uma dessas coisas que, girando à sua maneira, conduz todos para um lado. E depois de um lado, para outro. A gota de sangue suspensa nos lábios dela é todas as gotas de sangue. A gota de sangue suspensa nos lábios dela é também todas as gotas de lágrimas que seus olhos recusam-se a suspender. Chora. Oca. Quando abre os olhos, vê a mesa vazia, do outro lado uma cadeira afastada e a ideia de que alguém ali estivesse para depois a ter deixado. O restaurante ainda está aberto, embora o movimento tenha se reduzido a meia dúzia de pessoas, e os funcionários parecem dispostos a iniciar os trabalhos com baldes e esfregões. No saguão, as cadeiras e a disposição das mesas lembram os jogos de labirintos das revistas de palavras-cruzadas. Dá-se conta de que ainda tem o cigarro entre os dedos, apenas o toco de um cigarro já apagado. É curioso as pessoas acharem que fumar um cigarro é exatamente a mesma coisa que fumar um cigarro, murmura como se quisesse lembrar um provérbio. Seus dedos oscilam no tampo de fórmica da mesa. À boca, o indicador pressente o latejar de uma ferida no lábio. Daqui a pouco, os estudantes do turno da noite invadirão o salão, serão ouvidas as vozes grossas dos rapazes tentando encantar as moças que tentarão disfarçar que não reparam nos rapazes, enquanto escolhem entre os pêssegos e as melancias – abelhas inseparáveis contornando o buffet. De um lado, vem aquele cheiro de café recém-coado, o cheiro que sempre se acomoda nos lugares vazios dos restaurantes no fim do dia. Do outro, próximo às grandes paredes de vidro, a última luz da tarde começa a mudar o corredor.

À sua frente, os restos. Serpentina, as cascas do pêssego, veludo úmido, a viscosidade um pouco repulsiva que tenta esconder com o guardanapo. Caminha até o lugar das bandejas, como se lesse sempre o mesmo livro antes de dormir, e fosse levada ao absurdo de invadir sempre o mesmo sonho. A faca, o garfo, o mesmo movimento de todas as noites. Porque o que espanta são as pessoas acharem tão natural juntar as sobras do que restou do jantar todas as noites, como se colocar a bandeja com restos do jantar todos os dias da semana no lugar das bandejas de pratos sujos fosse apenas se desfazer de bandejas de pratos sujos. A mão direita empurrando para o saco de lixo as últimas sobras, a outra segurando firme a borda plástica.

Cruza a porta, afasta-se à esquerda, pega um cigarro, lembra, como se fosse uma coisa que leu em algum lugar, que é engraçado como todos os fósforos carregam por segundos a apreensão infinita de que nunca se acenderão e ao mesmo tempo pareçam tão inúteis que sejam balançados como coisas mortas depois do uso. Na vitrine de usados, em alguns minutos, passará por Lugones, mas talvez seja Wells. "Não pode ser que tudo seja tão absurdo", murmura, enquanto as janelas da esquerda e da direita roubam para, logo em seguida, devolver mil vezes seu reflexo.

das horas que se derramam

Encontrou o escuro e, na cristaleira do outro lado da sala, um outro. Encarou-o como se fosse a primeira vez que o visse – de certa maneira, era a primeira, todas as vezes que estiveram cara a cara, nunca o olhara nos olhos. Encontrou e contornou o escuro, enquanto, na cristaleira do outro lado da sala, um outro parecia dobrar de tamanho. Notou que tinha olhos iguais aos seus – primeira vez que via olhos iguais aos seus, disso havia sempre fugido. À falta de experiência ou contato com aquele homem que, de repente, lhe pareceu tão íntimo, sentiu que o dia e a noite doíam-lhe. Socados e inchados, pesavam-lhe como se tivesse por toda a vida guardado as horas nos bolsos. É difícil caminhar com chumbo nos joelhos, poderia ter pensado ao esbarrar a ponta dos sapatos no sofá puído, mas sequer percebeu que, ao pisar no tapete, deixou para trás a última poeira de luz que vinha do quarto. Desejou ter fechado a porta e, assim, ninguém mais além dele saberia do homem que, agora, guardado na cristaleira, encarava-o. Não que a mãe fosse sair da cama. Sozinha, não conseguia levantar mais do que um palmo do colchão. Tinha vontade de erguer a mãe, levá-la a passear sobre seus pés. Terminava, isso sim, de joelhos ao lado do leito como quem vem por último e por chegar atrasado não encontra mais nada em pé. Minutos atrás, a mãe ainda tentara uma ou outra palavra que lhe saíram invisíveis em meio ao acesso de tosse. Ele lhe ajudara a reclinar, mastigando a novidade, sentindo a tontura comichando no corpo – é que tinha medo de tocar no peito da mãe, de sentir o ronco do bicho que a comia por dentro. Mas agora estava na sala, e era suave a trama sob seus pés – havia uma certa delicadeza na forma com que a mãe segurava o lençol sobre os lábios, os nós das juntas como ganchos no linho, limpando o catarro. Antes de andar um ou dois passos, lembrou as últimas palavras que ouvira do irmão durante o dia. A mesma ladainha de sempre, que sentia muito pela piora da mãe – os irmãos vieram logo que a mãe adoentou. Falaram com os médicos, escutaram prognósticos, entoaram cantilenas. Ele, menino, ausente para os outros, perambulando pelo apartamento com seus livros e seus cadernos. Só uma criança, comentou a mulher do mais velho. Não mesmo, um rapaz! Retrucou o irmão. Contido, passava-lhe a responsabilidade que cabia na consciência, porém não servia à casa de classe média, ao pátio de classe média, churrascos de domingo. Restou ao menino a casa e as coisas da casa. A mãe definhando entre filas, diagnósticos, xaropes. Anos da rotina que agora ocupava o vão entre ele e o homem da cristaleira. Caminhou como quem vence quilômetros em esteiras, uma avidez pelo disparo que leva a lugar nenhum.

Acabou por se concentrar em um único ponto vivo, uma estrela perdida na ponta de uma taça que ignorava o fato de não haver luz, negando-se a seguir a lei de no escuro adormecer. Não havia ar, nem um vento fazia com que as lembranças passassem por suas canelas e, por isso, pareciam estar ali, acomodados no tapete entre ele e as portas de vidro, os incontáveis telefonemas para os irmãos – as injeções subiram e a mãe precisa de oxigênio. Outro exame sofisticado. A falta de dinheiro, o estudo misturado entre roupas e louças sujas. A mãe na cama, quase não saía mais de casa. Quanto tempo havia passado? E há quanto tempo olhava para o homem à sua frente, dois passos mais próximos, dois passos mais distante da luz que vinha do quarto, mais longe da mãe que sorria com os lábios sumidouros em si mesmos, a pele repuxada sobre a caveira, revelando a hidrografia das veias entre os olhos, finas serpentes no ninho de bochechas côncavas? O chão chacoalhava como se o homem estivesse pulando entre os cristais, era o que lhe parecia na falta de reconhecer que se sentia cansado demais naquela madrugada. Fosse, quem sabe, por um sopro vindo de cima, ou de baixo, o certo é que a estrela que até então insistia em ser farol atrás do vidro, aos poucos, apagou. E, no vácuo negro surgido à sua frente, reconheceu cada contorno, e não pôde evitar que o menino que até então carregava dentro de si deslizasse de uma só vez por suas pernas, contraindo-lhe a panturrilha, arranhando-lhe, em uma última tentativa de não ir, as canelas. Até que, terminado de esvair, o menino deu lugar a alguém acostumado com luz-nenhuma, ressumando ele próprio no reflexo do móvel. Na condição definitiva de homem, esqueceu o horário e as tarefas. Caminhou pela sala e, consciente que se ver na cristaleira significava o mesmo que uma cristaleira vazia, sentou-se na poltrona, que cedeu à sua fadiga, parecendo amorosa ao lhe envolver o corpo. Pensou em voltar ao quarto e contar à mãe que falara com o irmão e ele, em breve, chegaria com toda a família – imaginava como não lhes passava pela cabeça o que seria aparecer ali, a manada inteira, depois de dois natais vazios. Condutor da caravana mórbida, ainda recomendara que não se preocupasse, não o deixariam sozinho, do aeroporto pegariam um táxi direto para o apartamento. Mais uma vez, as palavras passaram retas pela garganta, já que, apesar de ter deixado para trás o menino, ainda desconhecia muito mais que supunha conhecer, e coragem era só mais um verbete que lhe fazia sentir metido em uma calça curta e apertada. Restou-lhe fechar os olhos e desabar em estado de quase sonho. E, quando o dia começou a se espreguiçar, tornando o firmamento frágil às estrelas, permitiu que o corpo se derramasse sobre a fadiga. Sentiu nos dedos um pulsar de coronárias e carótidas. As mãos deslizaram pelos braços da poltrona, um afago na vida que insistia em vida ser, enquanto da janela assanhava-se o inevitável. Adivinhou o clarear da manhã no vazio das pálpebras cerradas e, como se fosse em uma tela, via-se e escandalizava a si mesmo ao desejar a mãe morta – um diminuto triunfo poder lamentar a chegada tardia dos parentes. Como nunca, ainda de olhos fechados, percebeu-se homem. Estava convicto de que esse novo corpo, essa nova casca ausente de ideias de menino não poderia mais cruzar inerte peças adormecidas. E porque sabia que os novos joelhos e os novos cotovelos nunca mais poderiam esbarrar móveis seculares, silenciou os passos que percebeu a poucos metros da porta e se antecipou à campainha que soou submersa em descoberta, um som tão lento e suave como a chuva que desejou que caísse nas próximas horas que se derramariam feito água.

em todas as portas

Abrirás mão de qualquer lógica ao desceres a escada, pulando de dois em dois os degraus. Já na rua, tentarás entender o porquê da ligação recém-recebida, pensando que não é natural alguém terminar um relacionamento – e não importa a quantas ande esse relacionamento – por telefone, no meio do expediente. Saberás pelos raios de sol que espalhar-se-ão por tua nuca que o dia passa um pouco da metade e, rápida, entrarás no meio do redemoinho de pessoas, fazendo parte da turba barulhenta e senil, constatando que aquele é um péssimo horário para quem tem pressa. Essa cidade é o cu do inferno, pensarás todas as vezes que bateres teus ombros contra outros ombros – serão muitas vezes – e não deixarás de murmurar sobre a mania dos velhos – o senhor poderia dar licença, são três da tarde, meu senhor, não dá pra ficar com esse passo de tartaruga às três da tarde, entende? –, essa mania dos velhos de não fazerem absolutamente nada em suas rotinas de casa, supermercado, banco, aposentadoria, mas insistirem em galgar quadras feito múmias em tua frente.

E justo nesse dia não bastou receber um telefonema, precisaste ouvir o ar solene de reclame de rádio – tom que o outro sempre usava quando queria fazer um anúncio. Mesmo consciente de que o outro não te via, fechaste os olhos, pois era sempre assim que fazias para que ele não percebesse que, na realidade, estavas a revirá-los. Retinas e pupilas volteando no movimento circular uniforme. Feito um boi que rumina capim queimado, ainda estarás remanchando as palavras ouvidas ao ser atropelada – ou atropelar? – uma senhora de quadril avantajado, não conseguindo conter uma expressão de espanto – putamerda, vaca estúpida! –, assim como não conseguirás deixar de perceber a miséria que toma conta das ruas, mesmo não se dando conta de que talvez essa miséria seja, por um segundo, maior que a tua.

As mesmas pupilas e retinas que usaste para traçar o movimento circular uniforme te chamarão atenção para a quantidade de crianças debaixo das marquises, esses negrinhos, como dirás para ti mesma. A rua lotada desses negrinhos, que enxotarás, afinal tens que chegar logo, ninguém recebe um telefonema como aquele e fica blasé. Responderás para um dos meninos: não quero engraxar o sapato, faça-me o favor, engraxar sapato – lá tens tempo de engraxar qualquer coisa? Balançarás a cabeça ao dar-te conta de que deverias, isso sim, ter comprado a graxa. Uma lata de graxa bem cheia e, ao encontrar com o outro, poderia dizer: está aqui ó, te lambuza, te espalha, te unta com essa graxeira em que transformaste a minha vida.

Assustada, quase cairás ao tropeçar nas pernas de uma índia que, enrolada em uma manta, bate com uma lata na calçada. Irás cobri-la com o mesmo olhar que destinaste aos meninos – índia imbecil, levanta desse chão e volta pra tribo, minha filha –, mas logo a esquecerás, voltando tua atenção para a senhora que, propositadamente, no teu pensamento, impede-te de dobrar uma esquina – a senhora poderia, por gentileza, parar de me cutucar com essa sombrinha? Inflada de razão, não entenderás por que, com o dia tão claro, essas gordas insistem em andar empunhando sombrinhas – verdadeiras armas, dirás em voz alta. Mas a gorda também passará a ser um quadro de passado quando colocares a culpa nele por estar no meio desse povinho de merda.

Entrarás na rua arborizada – o desejo de alcançar teu objetivo é tão grande que nem repararás como agradecido ficou teu corpo ao livrar-se do sol. E, na rua, aos traços dos teus passos, os jacarandás se curvarão, as sombras mais sombras do que nunca, acompanhando-te como se soubessem que teu destino, por fim, está próximo.

Perderei toda tarde de trabalho, pensarás enquanto passas pela última sombra e vislumbras teu próprio reflexo no vidro da porta à tua frente. É uma porta bastante alta, e teu reflexo também será bastante longo, uma imagem retorcida de ti, repuxada, os braços pendentes ao longo do corpo e uma enorme testa, perdendo-se contra o marco pesado.

Por um instante, esquecerás que ele ligou com a voz grave que mais parecia desses cds de bíblia, ou que parecias enlouquecida pelo centro, despencada pelo desespero de chegar no exato ponto em que te encontras. Sumirá voz, rua, sombras e jacarandás, porque ficarás como mármore olhando para essa pessoa distorcida e com a cabeça tão grande que precisaria de todas as ideias do mundo para preencher apenas metade. Olharás para esse simulacro – mesmo não tendo a menor ideia do que é um simulacro, mas tudo bem, já que os significados deixaram de ter qualquer importância no mesmo instante em que desligaste o telefone e abriste a porta do escritório e saíste pela rua, deixando-te envolver e fazer parte do redemoinho formado pelos edifícios, as pessoas, os ruídos, os meninos que vendem vale-transporte. A imagem, ou um Tu quase sem olhos, não te assustará, mas não poderás negar a fisgada no estômago que fará com que contraias de leve os músculos do queixo ao perceber que esse comprido Tu poderia significar o suposto reaparecimento de uma pessoa morta. Isso porque, no fundo, sabes o quanto alguém pode – e precisa – morrer muitas e muitas vezes para conseguir viver no turbilhão que, mesmo não querendo, ajuda a constituir.

    Velarás esse Tu ainda parada na calçada. Velarás no silêncio só destinado às grandes perdas. E, como é costume nos lentos cenários funestos, recordarás de Tua vida – uma vida que também foi tua. Cavoucarás cada centímetro de lembrança, achando lindo como o outro ria – e todo ele ria, até os olhos. Achavas também bonita a boca e, nesses momentos, chegavas mais perto, buscando a língua, e a beijava, mordendo-lhe os lábios.

    O reflexo retorcido parecerá rolos opacos de fumaça quando deres dois passos à frente, erguendo a mão. Desejarás dissolvê-lo com o toque dos teus dedos, fazendo um esforço muito maior para alcançar a porta, muito maior do que o esforço que normalmente as pessoas fazem para abrir ou fechar portas vazias. Mas não chegarás a alcançá-la.

Será a porta que irá de encontro a ti, tocando não apenas teus dedos como toda a mão e parte do braço. Verás, muda, o corpo que dela sairá, um senhor bem-vestido que será educado, pedir-te-á desculpas e partirá – terás tempo suficiente para saber que será mais um a fazer parte da turba e talvez os bons modos o abandonem na primeira esquina. E, quando a porta voltar ao lugar, não verás aquele Tu em espiral, mas um muito mais parecido contigo. A menos de um palmo deste, tua respiração formando círculos embaçados em tua boca, vislumbrarás o desvelo de uma simples verdade, que passará rápida como esses lenços leves que caem dos pescoços das moças – então, precisarás estar bastante atenta para perceber que todas as portas guardam uma porção dessas pessoas que deveriam estar mortas. Todas as portas e seus reflexos são potencialmente lugares para supostos reaparecimentos dessas pessoas – ou desse Tu.

O reflexo te olhará nos olhos. Porque és apenas uma mulher suada por correres tanto, engolirás em seco os goles de certeza que Ele está a mostrar. Primeiro, perderás de vista o outro, assim como te perderam de vista todos aqueles que te amaram. E ainda, teu caminhar apressado descompassou não apenas a simetria da tarde de trabalho, mas também o futuro bastante ingênuo que acreditavas existir. Saberás, pelo reflexo que agora te fala, que o telefonema foi apenas mais um telefonema. Sobretudo, quase engasgarás ao ver que mesmo que invadas o corredor à tua frente, que subas de dois em dois os degraus da escada, será só mais um sepulcro a violar. Uma coisa morta, que poderá te dar prazer pela descoberta, mas nunca deixará de ser a coisa morta que já é.

Então, como se não houvesse mais nada o que fazer ali, resolverás retroceder. Ainda irás te encarar refletida na porta que não ousaste abrir. A memória do outro persistirá, e sentirás que ela escorrega entre as mais variadas lembranças, procurando o melhor lugar para acomodar-se e ser eterna. Estarás tão perplexa quanto estavas ao telefone – e parecerá, nesse minuto, que isso aconteceu há tantos anos que já ganhou o desbotado das coisas antigas. No segundo passo, quando souberes que a imagem quase fiel a ti está muito próxima de se transformar no reflexo alongado, darás as costas.

Atravessarás a rua. Para ti, os jacarandás formarão passarela, enquanto molestarás a calçada com teu passo duro, ciente de que cansaste de um jogo que nem mesmo sabias até então estar participando. E, quando chegares à esquina, verás o ir e vir das pessoas e não estranharás que elas pareçam um tanto mais altas, distorcidas, as testas maiores do que todo o resto do rosto. Fecharás os olhos e, no cego movimento do teu corpo, voltarás a compor o turbilhão a que sempre estiveste destinada.

No INFERNO
...é sempre assim

primo lucas

Aconteceu em uma praia do litoral norte, em um estado da região sul, quando os edifícios ainda eram poucos e as crianças não voltavam para casa antes da meia-noite. Aconteceu em um fevereiro atípico. Sem chuvas, manhãs azuis e sorrisos dos veranistas ao comentarem na beira da praia, entre caipirinhas e picolés, que há anos não tinham férias assim, de mar tão verde – um mar de não fazer feio às praias do estado vizinho.

Nesse tempo, a diversão da gurizada estava em ir e vir pelo calçadão não muito extenso, percorrer as ruas – conheciam cada paralelepípedo – com as bicicletas de pneus coloridos e disputar as máquinas novas no fliperama. Um tempo quando os meninos e as meninas brincavam juntos, porque depois de atravessar um engarrafamento gigante não havia eles e elas. Pelo menos, não na idade quando os meninos tinham tantos pelos nas pernas quanto as meninas, e as meninas tinham tanto peito quanto os meninos.

Marianna veraneava em uma casa térrea, dois quartos e um jardim onde a grama disputava espaço com a cadeira de praia da mãe e a piscina de plástico do irmão. A casa ficava em uma rua com nome de pássaro, esquina com uma rua com nome de flor. E todo ano, pelo menos os anos que a memória de Marianna alcançava, seguiam uma rotina de prazeres inesgotáveis. E nem era feita de grandes coisas, a rotina. O prazer estava na liberdade fácil, no descompromissado almoço às duas da tarde, no total desinteresse dos pais com o que ela fazia dos seus dias. E não que fizesse muitas coisas. Andava de bicicleta, jogava bola com os vizinhos no terreno baldio, murchava no mar até os olhos cegarem de sal e sol.

Era uma sexta-feira, e devia ser a terceira sexta-feira do mês, uma sexta-feira de quase carnaval, de quase fim de férias. Maculando o fevereiro, uma garoa fina havia começado junto com a manhã. O vento nordeste soprava baixo, cortando tornozelos, e as crianças teriam que se contentar em espalhar as brincadeiras pelo pátio e rolar a bola de plástico no terreno ao lado da casa. Não haveria praia.

Uma vez, escreveram que os costumes são formas concretas de ritmo. Poderia-se supor que alterar o costume naquela manhã fosse o mesmo que desandar um compasso de parecença regular. Talvez por prever um nó na cadência, ou simplesmente porque gostava de reclamar, o pai de Marianna bufava no mesmo instante que abria uma lata de cerveja, um segundo após ela invadir a sala, rosto afogueado, roupa úmida da pouca chuva – estivera jogando bola com os meninos por toda a manhã.

Entrou em casa, atirou-se no sofá suspirando o cansaço e ouviu a mãe remendar que o pai deixasse de ser implicante, o rapaz era um anjo, nunca os visitava, que mal podia haver em um único fim de semana? E, além do mais, para ele não faria a menor diferença, porque não era ela que limpava, cozinhava, passava e ainda tinha que ir ao supermercado comprar cerveja? Faça-me o favor, homem. Marianna ouvia a novidade com a sensação de pés pousando sobre formigueiro. O primo Lucas ficaria o fim de semana. Pegaria um ônibus na capital, onde estava passando uns dias com a mãe, e chegaria à noite. Morava desde pequeno com o pai no Rio de Janeiro. Desde a época em que a tia de Marianna resolvera voltar sozinha para a cidade natal. Lembrava do primo com os olhos da memória dos seus onze anos. Ele era um tanto mais velho e um tanto mais velho significava quase duas vezes a sua existência. Era, também, maior que todos os outros primos, que eram todos menores que ela. Não havia crescido com Lucas, tinha visto o primo raríssimas vezes, e a última havia sido em um Natal. Um dezembro antes do último dezembro, tinham feito uma festa grande na casa da avó, e o primo estivera lá. Indescritível a sensação de ouvi-lo falar, testemunhando que da sua boca saía um jeito de dizer as coisas diferente do jeito que todos os outros diziam. Ria muito e, no sorriso, mostrava dentes que brilhavam no contraste da pele bronzeada, do mesmo tom das fitas que decoravam o pinheiro. Mexia a franja, teimosa a lhe cair sobre os olhos, como se fosse o tão falado milagre de Natal. Era uma criança e encantou-se com o primo – apenas na primeira hora. Na segunda, quando chamaram a piazada para abrir os presentes, deixou-se seduzir pelos aros lustrosos e os pneus vermelhos da bicicleta nova.

Arrependia-se. Por não ter dado mais atenção ao primo? Ou não ter exigido dele mais atenção? Enquanto a mãe comentava sobre os horários e que o Lucas dormiria na sala, no sofá de armar, Marianna tentava adivinhar, olhar parado nas conchinhas que decoravam um cinzeiro sobre a mesa, o porquê daquelas formigas imaginárias, mas tão insistentes, em seus pés.

Almoçou pouco, escolhendo os grãos de arroz. A mãe perguntou se estava tudo bem, Marianna respondeu que sim, tinha um pouco de dor de cabeça. Um dos meninos havia lhe acertado uma bolada bem na testa, ainda estava ardendo. O irmão riu. Não enche o saco, guri, resmungou olhando firme para a jarra de ki-suco. O pai pigarreou, cruzou os talheres. Tu não tem nada que ficar jogando bola com esses moleques, já é uma mocinha. Olhar cravado no líquido amarelo, ouviu o barulho da cadeira da mãe, os pratos sendo recolhidos. O pai limpou os lábios com as costas da mão; mesmo com os olhos baixos, podia ver o movimento do braço. Ajuda tua mãe com a cozinha; o arrastar da outra cadeira foi tão rápido quanto a quentura que lhe assomou às orelhas. Como se estivesse pegando fogo, misturou a vontade de dizer ao pai um desaforo com o resto de comida que havia deixado no prato.

Não falou palavra enquanto sentia a água envolvendo-lhe as mãos, espuma do detergente, esponja macia. As orelhas ainda ardiam em uma febre estranha. Gostava de brincar com os guris, havia brincado a vida toda. Mas o comentário do pai parecia ter se misturado com as formigas meio esquecidas, porém atentas o suficiente para despertarem ao som da palavra "mocinha". E, no meio disso tudo, daquele formigamento nos pés, dos lóbulos escaldando, da água que levava embora os restos dos restos do almoço, estava o primo Lucas. O sorriso do primo, ele vai chegar mais ou menos umas onze horas, disse a mãe, os dentes brancos, os olhos tão claros, tão diferentes de toda a sua família de olhos escuros.

Não prestava atenção às palavras, só ouvia o sotaque carregado como dos atores que via pela televisão. E, como se aquela fosse a primeira vez, viu refletidos, no copo que enxaguava, os braços moldados pela camisa de física, os músculos roliços, o antebraço de pelos dourados. Era todo dourado, isso sim ela lembrava.

Secou as mãos no pano de prato e disse que iria dar uma volta de bici. Não vai longe, filha. Olha a chuva que está armando. Sorriu, deu um beijo na bochecha da mãe, que, segurando seu rosto, retribuiu-lhe o carinho, neném amado da mãe. Baixou os olhos, saiu prendendo os cabelos em um rabo de cavalo. Subiu na bicicleta e contornou a casa em direção à praia. Pedalava com força, colocando em cada troca de pés a confusão: era mocinha ou era bebê? Essa agora? Essa ânsia toda porque um primo que mal conhecia chegaria logo mais? Freou no calçadão. Um ou dois pescadores, alguns surfistas se aventuravam no mar que, mesmo com a pouca chuva, parecia ter se rebelado. Parou perto das dunas – e não eram propriamente dunas, só um amontoado de areia que a prefeitura recolhia toda noite do passeio. Sentou próximo a um lugar onde nascia uma vegetação rasteira; sentiu a areia fina abraçar as canelas.

Perdeu-se, olhos feito bolitas, no mar, como se olhar para aquela quantidade de água aumentasse ainda mais a sensação de coisa brotando dentro dela. Porque era assim que sentia, como se lá dentro, um pouco abaixo do estômago, uma semente revolvia em uma ânsia pastosa. Mexia, não tumultuada como a sensação de quando andava de montanha-russa ou marcava um gol. Como se não houvesse a menor pressa, mas, ao mesmo tempo, a vontade de ser caule, de ser folha, de ser fruto fizesse a semente rolar de um lado para o outro.

Úmida, a tal sensação, e morna como os raios de sol que tentavam escapar entre as nuvens. Olhando para essas imensidões que passeavam sobre a outra imensidão, o mar – que, a essa altura, já ganhava a matiz turva –, Marianna sentiu um estalo. Seria bom, mas um bom diferente dos outros bons – e, por isso, esquisito – ter por perto o primo Lucas.

O sol cansou de burlar a barreira das nuvens e o dia esqueceu de ser dia, deixando a lua brincar tímida no céu. O vento soprou mais forte, empurrando uma a uma as tormentas. Depois da janta, havia um céu de brigadeiro, disse a mãe ao esfregar as mãos. Marianna olhou para cima, pescoço estirado, cabeça quase paralela ao chão. Encontrou as Três Marias, quase se perdeu, mas achou o caminho para o Cruzeiro do Sul. O pai apontou para a cruz e repetiu a eterna explanação sobre a constelação e sua valorosa contribuição para os navegadores de um passado remoto. Enquanto o caçula interrompia a aula para perguntar se naquela época os aventureiros usavam pistolas, Marianna pensou que se o primo Lucas já estivesse na estrada, poderia, como ela, estar olhando para o céu. Em um repente, sentiu que as formigas voltavam aos seus pés. Imaginou os imensos olhos verdes pousando na menor de todas as estrelas, aquela que não estava em nenhuma ponta da cruz. Nesse momento, acalentou um estremecimento e sorriu ao supor que poderia, agora, o olhar do primo estar cruzando com o seu.

Um pouco mais tarde, as amigas vieram lhe convidar para ir até o centrinho comer crepe. Não quis, disse que tinha jantado demais, ficaria para amanhã. As gurias estranharam, Marianna era sempre quem encabeçava a turma. Deitou na rede, embarcou na modorra pelo balanço fugidio. Entre as mãos, um exemplar da Coleção Vaga-Lume. Fingia ler para que a mãe não viesse lhe perguntar que tamanho acabrunhamento era aquele. O livro contava uma história policial: três amigos – uma moça e dois rapazes – se propunham a investigar um assassinato. Entre aventuras, imaginava no lugar do personagem mais bonito o primo Lucas, a franja teimosa sobre os olhos, o sorriso fácil oferecido a ela que, no lugar da moça, ajudava-o a resolver o mistério.

Demorou a acostumar com o escuro que lhe pesava os olhos. Na terceira piscadela, viu, na cama ao lado, o irmão dormir, braços estirados. Sentou e notou a camisola de algodão. A casa dormitava em um silêncio satisfeito, embalada pelo ronco do mar. Tentou buscar o tempo para saber quando tinha sido pega pelo sono. Sentada com as pernas para fora da cama, arrepiou ao piso frio. O despertar algente trouxe à lembrança a rede, a noite morna e o primo Lucas, que a essa altura já devia estar cansado de estar ali. Será que ele tinha chegado antes de a terem levado para cama? Sentiu nas orelhas a mesma quentura de quando o pai lhe chamava a atenção. As canelas finas amorteciam de vergonha ao imaginar o primo chegando e ela deitada na rede, feito criancinha. Acostumada com a pouca luz, venceu o curto espaço até a porta, respiração em suspenso.

O quarto dos filhos ficava no meio do corredor, em frente ao banheiro. À esquerda, o quarto dos pais. Seguiu para direita, a lua iluminava a sala de janelas amplas. Marianna, concentrada, respirou o mais devagar que sua excitação lhe permitia para, quem sabe, levitar sobre a cerâmica – e assim nem mesmo as paredes poderiam dizer que ali estivera.

Na sala, só a cabeça curiosa atravessou o batente da porta. Estava no sofá de armar, bem como a mãe dissera que deveria ser. E, nesse segundo, pensou que realmente as mães têm razão sobre todas as coisas do mundo. O primo Lucas dormia descoberto, de bruços, o corpo atravessado no leito. Vestia apenas um calção, e a luz que entrava pela janela cobria-lhe com uma camada fina. O primo Lucas totalmente prateado.

Percorreu com os olhos, lábios entreabertos, as pernas fortes de pelos abundantes, que, nas canelas, encrespavam. As costas eram lisas, largas como as dos competidores de natação que encontrava sempre no clube, às terças e quintas-feiras. Mas eram de outra cor, a cor de nenhum outro. O prata era apenas película para o dourado que ali Marianna sabia existir.

Derramava-se como mel no sofá incômodo, dormindo em silêncio, como um milagre de verão. Marianna não via o rosto, virado para o outro lado. À mostra, a cabeleira densa, quase aos ombros. E o ombro não era mais ombro, ou carne, ou articulação. Era tela para a figura que o contornava. Gravado nos músculos em repouso, um dragão serpenteava, terminando em chamas no cotovelo. Embevecida, pôs-se a voltar ao quarto de costas, como para guardar cada quadro, seus olhos piscando como um diafragma de câmera fotográfica. Temerosa, sabia que, se alguém acordasse, o vexame de estar parada como uma songamonga na frente do primo poderia lhe custar gerações de piadas.

Por sorte, não precisaria falar antes do amanhecer. Adivinhara-se muda, como se a mudez fosse um outro sentido, instalado às pressas. E na urgência, no sentir esquisito da língua e a boca e o sons não lhe pertencerem, agarrava-se à parvoíce. Mas não dessas que balançam os braços, loucura de chamar atenção. Somente estupefata, pois sabia – e um saber tão antigo que lhe tinha sido sempre natural – que já tinha visto muitos rapazes de calção. Porém, em nenhum momento, tinha sentido aquele desgaste, a semente que inflava e girava, círculos mornos abaixo do estômago. E se, durante a tarde, o movimento era quase sonolento, agora era como se o passeio breve até a sala lhe tivesse servido de adubo.

E revirava Marianna por dentro. Como se estalasse, o caule querendo ser caule, a folha querendo ser folha, o fruto querendo ser fruto. Tudo muito misturado ao formigamento. Agora, às formigas não bastavam somente os pés. Subiam pelas canelas, a cintura sutil, os braços magros. E tudo misturava, como se nela houvesse o plantio e, no plantio, o formigueiro.

E agora esse arado, essa mão, essa mão que era dourada e que lhe remexia, misturava, a semente e as formigas, as formigas e os ombros dourados do primo Lucas, os ombros dourados e as mãos fortes a ensinando a pegar jacaré na beira da praia, a levando para tomar sorvete, as mãos fortes segurando na sua mão de unhas roídas – e, súbito, sentiu vontade de parar de roê-las e quem sabe até passar a misturinha que a mãe carregava na bolsa –, o sorriso do primo Lucas ao ver que suas unhas estavam pintadas e por isso não eram mais unhas de menininha, e por isso ele nem teria vergonha de acompanhá-la nos passeios de bicicletas, e-nas-tardes-de-ficar-sentada-para-ver-o-mar.

Foram os raios de sol que lhe acordaram. Feixes de luz entravam pelas frestas da persiana, e os grãos de poeira formavam uma pequena constelação. Marianna ficou olhando para as partículas pequeninas feito estrelas rebeldes, indecisas sobre o lugar que deveriam ocupar no espaço. As vozes vinham da sala. Identificou o irmão, a rotina de passar o protetor seguia entre protestos. Mais ao fundo, a voz grossa do pai dizendo que prepararia o chimarrão. E de estranho, ninguém.

Trocou de roupa, colocou o biquíni novo, sutiã um pouco incômodo. Pequeno, não tinha muita liberdade para levantar e abaixar os braços com descuido e, por isso, Marianna o havia sempre dispensado. Arrumou os laços da tanga com o esmero de quem fecha um presente. Vestiu o shortinho cor de rosa, combinando com os tamancos de borracha. No banheiro, escovou os dentes devagar, para não fazer barulho. Precisava ouvir o que se passava na sala, a porta da geladeira abrindo, a mãe dizendo para o irmão não esquecer a camiseta. Seria o primo Lucas? Sentiu um aperto, secou os lábios na toalha, fez o rabo de cavalo usando as marias-chicas de sair.

No caminho para a sala, imaginou o primo sentado, sorrindo para a tevê. Deveria dar bom dia para todos ou primeiro para ele? Deveria cumprimentá-lo com dois beijinhos ou abraço? Será que ele iria levantar para cumprimentá-la? Os braços fortes do primo Lucas lhe apertando a cintura, erguendo-a um pouquinho do chão, que gatinha linda!

Na sala, a rotina. O irmão trocava de canais, reclamando que só tinha "chuvico". O pai cevava o mate, a água descia devagar, escurecendo a erva pura-folha. A mãe, arrumando a bolsa grande de palha, sorriu-lhe bom dia. Preguiçosa, teu nescau está pronto. Até o Lucas já foi surfar. E riu. E ela riu também. Mas riu sem rir, porque era um riso por fora, o riso de todo-santo-dia. Por dentro, aquele vazio. Era mesmo uma songamonga, dormir até aquela hora, imagina!

Na praia, besuntou-se de rayto-del-sol. Queria também dourar e, por isso, estirou-se na esteira de palha. A gurizada veio perguntar se ela não iria para a água, que tinha um pouco de repuxo, mas estava tri boa pra pegar jacaré. Não quis. Ficou de bruços, o queixo apoiado nas mãos, os olhos apoiados nas ondas, o mar que agora já estava, como costumavam dizer, um chocolatão de tão marrom. Só conseguia ver, na arrebentação, as cabeças dos surfistas no movimento de gangorra. A massa de água espessa, fortaleza, caprichosa. As ondas estouravam desajeitadas, esparramando um espumeiro amarelo. O pai e o vizinho terminaram de montar os guarda-sóis, as mulheres já estavam escarrapachadas que nem lagarto no deserto, comentou um deles. A gurizada entrava e saía da água, as planondas de isopor formando espelhos contra o sol. Viu o primo deixar o mar. O peito largo, a água escorrendo como os pingos de chuva que ela gostava de ver escorrer pelo vidro da janela. Segurava a prancha colorida, balançava os cabelos molhados. As coxas peludas eram açoitadas pelas ondas baixas, o dragão luzia. Dourado. Está dormindo, filha? Marianna sentou em um pulo. Estava? Olhou para o mar, ninguém. Sonho ou já tinha começado a delirar com o calor? A mãe perguntou se ela queria picolé ou milho-verde. Picolé, eu acho. A mãe riu, tu está esquisita, guria.

    Então, aconteceu. Porque as coisas acontecem nesses de-repentes que ninguém consegue dar conta, ou parar o tempo para decidir se primeiro se ouviu o grito ou se primeiro foram os salva-vidas que correram mar adentro. De certeza, foi que da calma quase prosaica da manhã de sábado a praia se transformou em um rebuliço. As pessoas esticavam o pescoço, gritavam. O pai e o vizinho correram até o mar, alguém lembrou das crianças e as mães iniciaram aquela sucessão interminável de gabrielas, marcelos, guilhermes. Um afogamento, ouviu-se o grito atrasado. As mulheres, apavoradas, colocavam as crianças debaixo dos guarda-sóis, contando e recontando a manada inquieta.

    Marianna meteu-se no meio dos adultos, as pernas molhadas a molhando. A areia fervia, machucando-lhe as solas dos pés. Alguns abriam espaço para o cortejo que vinha do mar. E assim como, um a um, todos se afastavam, alguma coisa dentro dela partia. E sentia, logo abaixo do estômago, um peso e um revirar de ideias – inevitável pensar se era assim mesmo, se era natural as ideias virem do estômago –, como se houvessem colocado terra demais, adubo demais, molhado demais. Tudo acontecendo à sua frente, um segundo depois do outro, um passo depois do outro, como acontecem todas as coisas banais. Como a vida costuma se desenrolar, o verão deixava de ser verão, e a semente que descobrira acalentar tivesse brotado de uma só vez, mas a árvore estava seca e, em um único galho, balançava uma fruta podre.

Da água tiraram o corpo moreno, os cabelos grudados à testa, dourando a fronte. As pernas peludas jaziam pesadas, canoas encalhadas na areia fina. Os pés estirados, dedos retorcidos qual tivessem sido desligados durante uma cãibra. Galhos ao ar, veias como cânulas, hidrográficas veias que nada irrigavam. Pés imóveis, despercebidos na condição de ao corpo pertencer. O corpo largado. Depois do resgate, simplesmente, como um pedaço sem serventia, largado.

E de nada sabiam aqueles todos que, em círculo, circulavam. Amontoados, zumbindo como moscas, murmurando, fingindo lágrimas, açoitando o destino com frases soltas. Olhavam absortos, magnetizados pelo corpo. Porque era exatamente isso: apenas um corpo; na configuração da espécie humana, o conjunto formado por cabeça, tronco e membros. No entanto, não sabiam que, junto a ele, junto à vida que não mais existia, havia um tempo. E o tempo fazia do corpo, ainda quente pelo sol que lhe queimava, também derivação, que, entre todos os que ignoravam, assumia o sentido figurado de algo que incorpora, abrange ou propicia concreção a certa coisa. E Marianna, em um saber que nem tinha idade para exercitar, estava absorta. E todas as coisas, naquele segundo, tomaram a forma das coisas que são deixadas para trás e que nunca mais poderão ser.

    Não existia mais pai, nem mãe, nem irmão protegido da morte pelo guarda-sol – porque dizem os adultos que morte não é coisa para quem ainda não conseguiu entender nem o que é vida. E também não respirava mais a folia próxima do carnaval, os primeiros dias de escola, o ano que por bem ou por mal haveria de vingar. Agora, em sua cabeça, só o sol que dava um passo largo, cruzando a linha invisível que separa a manhã da tarde. E ao virar o tempo do relógio, virava em Marianna o tempo de todo o sempre.

    O primo Lucas. Os pés de Marianna tão próximos do peito largo, liso, lambido de sal; onde o sol parecia pontilhar estrelas, vaga-lumes luzindo até a tatuagem do ombro. O dragão envolvia o músculo teso, volteando pela axila, a tinta-chama-vermelha saindo de onde os tufos de pelos escuros gotilhavam água feito lágrima de despedida. O dragão descendo pelo braço, escorrendo. O dragão com a cauda em mil voltas, milhares de voltas a cauda que, em linhas indivisíveis, virava corpo, que, sem nenhuma fronteira, transmutava-se em chamas. As chamas duras, rococós, um enfeite nulo. As chamas escorrendo pelo braço, fugindo pelo cotovelo – vomitando o verão.

a metade do um

Quando o homem virou a esquina, o lusco-fusco deitava sobre o dia seu cheiro de fruta passada, poluição e mijo resseco debaixo das marquises. Desviou do fiapo de papel higiênico que vinha em sua direção, ameaçando-lhe a barra das calças. Ergueu um pé, o papel quis segui-lo grudado na sola do sapato, mas terminou na calçada e, endemoninhado no rodopio do próprio eixo, traçou hipérbole até o lixo amontoado no meio-fio. Quando ele devolveu o pé ao chão, o cimento amolecia e os dedos contraídos tentaram buscar equilíbrio enquanto os dois outros homens que lhe acompanhavam seguraram em seus braços abertos, remos buscando forma de cruz. O mais baixo riu primeiro, pequeno e forte, atarracado. Foi seguido pelo negro, que balançava o corpo no molejo do riso. Ele no nada ria, ou se ria, não saberia dizer. Boca aberta, goleava ar viciado, enquanto os amigos lhe tangenciaram feito canoa, costurando o rio de asfalto à outra calçada. Eram três fingindo um ao tentarem atravessar a porta do sobrado. Bêbados do soldo da semana, desequilibraram com o peso das sacas do arroz que quase não comiam e do feijão que pouco ferviam, mas carregavam oito horas, durante cinco dias, esmagadas nas paletas como grãos moídos. Estopa queimando mais que sol, sol queimando ombros, um tudo curtido e rebatido parecendo espuma que arrebentava no casco do navio que arrebentava feridas nos cascos das mãos dos homens. Todos cavalheiros, chegando de vez só, era o que queriam. O negro alçou os degrauzinhos no passo engolidor. Ajudou o mais baixo a subir, enquanto aproveitava para encompridar o olhar para o cômodo iluminado por uma lâmpada que pingava vermelha do teto. As tábuas do assoalho gemeram acolhendo-os, chacoalhando no ritmo do chocalho que um tipo muito magro chorava num palco improvisado. Uns chamavam por mais cerveja nas mesas sem toalha, outros sentavam corpos nas cadeiras de palha gasta. O lustre iavinha-se, enquanto ele, deslizado pelo balanço da maré, deixou para trás o batente da porta. Acostumou-se à pouca luz até reconhecer o que para os outros era viagem trivial. Ocuparam uma das mesas, um copo de cerveja surgiu à sua frente, e o homem deixou a ponta dos dedos molharem nas gotas que escorriam pelo vidro – gelado na garganta que engolira tanto de mundo. O líquido venceu o canal estreito entre copo, dentes, carne – ruído –, turbilhonando até o esôfago, jeito forte de empurrar contra as paredes do estômago o rosto da mulher cansada já ao acordar, de lavar a janta que remexia até a hora de entrar no quarto de paredes descascadas, enfrentar a cama com os lençóis amarrotados que no jorro embolava na lembrança do portão da frente que não fechava direito, onde a mulher o acompanhava todas as manhãs e o esperava sempre no fim do dia. Rotina de insistir durante anos para ele arrumar o ferrolho que durante anos insistiu em esquecer. Passou a língua onde a espuma da cerveja fazia cócegas nos lábios e, de olhos fechados, lhe assustou o pensamento – porque pensar significa respirar um pequeno vento de desejo – de que aquela poderia ser outra língua que não a sua. Largou o olhar sobre o cômodo. Dançarinos na pista improvisada, o mais baixo se embalava com uma loira mais alta que ele. Mangas da camisa agarradas nos músculos dos braços curtos justos à cintura da mulher. Virou-se. Epicêntrico. A sala girava ao redor de sua cabeça. Marola. No começo, enjoava. Os outros riam. No começo, tinha as mãos finas, chegava em casa com vergões. A mulher esperava com bacia fumegando. No começo, eles se amavam. Num inteiro só. Sem hora, lugar, qualquer um. "Deixa eu cozinhar em paz", a mulher fingia zanga, para depois desfingir em gozo e cair transparente em seus braços. No começo, ele a erguia no colo, procurando na própria carne curtida a porção mais macia para acomodá-la. No começo, eles disseram que ele tinha mais estudo que os outros e podia chegar aos escritórios, mas os começos ficam antes do meio e, no meio, as mãos passaram a criar calos. No meio, ele passou a engolir cada vez menos a esperança de deixar os galpões e a sair cada manhã mais cedo para carregar sacas dia a dia mais pesadas. No meio, percebeu que a barriga da mulher de um mês para outro só crescia e ele tinha certeza que chegaria uma hora em que iria explodir. Viu o que se passava ao redor através dos seus olhos bêbados.

Sala mais estreita e confusa nas suas ideias. Sons lhe chegavam como se estivesse com a cabeça dentro de um balde d'água. Na mesa, o negro tinha uma mulher no colo, braço enlaçado em seu pescoço, gargalhava dobrando-se pronta para partir ao meio. Na cadeira ao lado, uma mulata falava com o amigo, mas era para ele que olhava. Pelo menos foi o que supôs. Mas ele estava bêbado. E desequilibrava-se nos pensamentos como havia se desequilibrado na calçada. Recebeu com dificuldade os tapinhas nas costas que a mão larga do companheiro lhe deu, no ritmo dos requebres da mulher, que pareceu ser o mesmo da música que nada mais era que o compasso da pesada massa sonora que insistia em inundar-lhe os ouvidos. Na pista, a loira pegou o mais baixo pela mão e os dois sumiram para o fundo da sala, as paredes vermelhas perdendo-se na sombra que escorria do teto. Percebeu a mulata levantar e confundindo com um sonho ouviu a voz do amigo. "Essa é a tua noite de sorte". O braço da mulata rodopiando. As gargalhadas também regiravam por toda a peça, circulares, bambas. Palavras respingaram na mesa junto com a saliva do negro: "Vocês já imaginaram um homem com essa idade e nunca entrou num puteiro?". Sabia que, em algum lugar, casais ainda dançavam, música virada em turbilhão. E meio de repente – porque depois de entrar na dimensão do álcool todas as coisas acontecem assim, sem aquele ponto, momento exato onde termina um parágrafo na vida e outro começa –, num repente como se fosse só o ranger de outra tábua, descansaram sobre os seus ombros duas mãos, que de tão leves fizeram seus músculos acostumados com as pesadas arrobas queimar. Na parede em frente à porta de entrada do sobrado, haviam colocado uma escada, deve ter pensado, pois somente naquele momento deu-se conta de que degraus estreitos havia ali. Os mesmos dedos que, antes, lhe arderam na carne, agora, entre fiapos de luz, o levavam escada acima. Um corpo magro metido em um vestidinho branco; organdi – pegajosos, os lábios finos de sua mulher teciam no fundo de sua memória o nome do tecido. Com essa lembrança, repetindo sílaba a sílaba a imagem que lhe viera, terminou os últimos degraus e se viu parado em um corredor onde portas em ambos os lados lhes acolhiam. Quem sabe tivesse morrido e aquele corpo miúdo, vestido de branco, não era um anjo, que ao lhe tocar nos ombros com peso de nada lhe tinha abençoado? Pois, antes de entrar no sobrado, havia tido dúvidas, não havia? Incerteza entre seguir com os colegas e voltar logo para casa, onde a mulher o esperava sozinha com rosto de dor; onde o portão da frente lhe rangeria acusações. Essa dúvida entre o ir e o não-ir haveria de lhe absolver enquanto seguia o querubim. Na sua frente, a pele confundia-se na alvura do tecido, como espuma com água na quebrada da onda – organdi. Podia ver os dentes da esposa fechando para formar a última sílaba, como apito que anuncia partida das máquinas. Cabelos pretos descendo pelas costas, os dedos miúdos machucariam ao abraçarem a maçaneta. "Eu não tive tempo de arrumar o ferrolho", ele grulhou com a língua afogada na saliva. "Nós temos todo o tempo do mundo, benzinho", mãos tão pequenas – as unhas roidinhas e sujas de mexer na terra e catar formigas, lembrou – "cuidado com o portão, deixa que eu abro". Mesmo assim, não abriu, pois, bêbado que estava, voltava a ser canoa, pedaço de madeira que só conduzido pode navegar. Atravessou a porta que pelas outras mãos fora aberta, deixando para trás a música que não passava de chiado como choro fraco de um fanho. Flutuou pelo quarto, joelhos batendo nos pés da cama onde, na cabeceira, a única luz acesa iluminava a colcha de chenile. Sentou-se e, por um momento, ficou só assim: de olhos fechados, e pode ser que se lhe perguntassem onde estava não soubesse o que responder. O cheiro do quarto grudava na pele por baixo da roupa, como gruda na pele o calor em dia muito quente e úmido. Cigarro, suor vendido, o vento azedo das esquinas próximas ao mar relufando pelos rodapés. Pálpebras tremeluziam imitando olhos sonâmbulos, até que sentiu coxas entre suas coxas. Outra vez, a falta de peso das mãos em seus ombros requeimou, brasante. Depois, no momento em que um minuto deixa de ser um minuto para ser outro, percebeu-se deitado, corpo estendido, camisa aberta, ventre tocado com a polpa dos lábios, precedentes para a língua que lhe fez contrair em espasmo que não podia chamar de desejo, mas ilícito seria negar o nome de instinto. Continuou sozinho atrás das pálpebras cerradas, porém erguia-se em um arrepio de expectativa. Ela demorou-se com a língua, minuciosa. Montou firme na cintura enquanto lidava com o cinto, a camisola os envolveu formando quase-círculo, lua crescente. Ele arfou, armando-se como maré, movimento de ida e vinda. O quadril dela acompanhou, dedos pequeninos, mas isso ele não via, enclausurado pela cegueira voluntária. Falou coisas sem nexo e ouviu coisas sem nexo vindas daquele anjo, pois era isso, não era? Havia entrado no quarto com um anjo-querubim de camisola branca que beliscou um mamilo, o gemido arranhou a garganta, passou a própria língua pelos lábios na repetição de um gesto proibido e mais uma vez gemeu, o anjo disse coisas que ele ignorou. Sabia que perguntava, que falava e mexia. Que arranhou ventre, coxas. Ele pareceu mais que estava sozinho, arfante, como se estivesse no mar no meio de uma tempestade. Costas tesas, estirou as pernas porque, em algum momento mais do que no anterior, lhe percorreu o espasmo. Rijo. Prendia-soltava, respiração, surpreso, há tanto tempo não experimentava, corpo afundou na cama, peso sobre seu peito, no ventre cresceu a pressão. Acumulando-se, como as nuvens que costumava ver enchendo-se no horizonte, prestes a derramar-se nos dedos que, por algum motivo, não conseguiram lidar com o cinto. "Vou precisar da tua ajuda", ela murmurou, lambendo-lhe a orelha. Ele abriu os olhos. Pareceu muito sóbrio e, como todos os homens deveriam ser, muito dono de si – ajudar a filha a abrir o portão a ele competia, sempre que estivesse em casa. Porque gostava, isso nunca seria trabalho. Porque os dedos magrelos mal alcançavam no ferrolho, mas principalmente porque, enquanto ele corresse a ajudar, menos a mulher correria a lhe azucrinar com a eterna cantilena. Primeiro sentiu medo, seguido da dor que se alojou pelas pernas, ventre, peito. A dor. Um sei-onde. Olhou para um lado e viu o que não vira antes, na parede havia um recorte, uma janela fazia o dia amanhecer. Ainda na cama, ao seu lado, agora no desmaio do sol, pareceu reconhecer. E foi que a dor embolou de vez no corpo. Aquele tipo de dor que nasce com o dia, e todos os dias são dias de doer. Na sua frente, não estava um anjo-querubim de camisolinha e, portanto, nenhuma dúvida haveria de trazer remissão de nada. Pelo contrário, era coisa trevosa, feia, sem nome, transmutada em casa, quintal, sacas, grãos, dias de sol a sol, esposa batendo portão que nunca arrumara e ali soube que nunca arrumaria. Misturou ao vivo todas as lembranças, as mais novas, o sobrado, música e dança, com as mais antigas – portão estragado, sua pequeninha que inventou com tijolo uma altura parecida com a dos adultos e por isso alcançara no ferrolho que ele havia ignorado. As imagens revolvidas com a cena que não era da noite presente nem fazia parte da memória, porque era do tipo que seus olhos fotografariam sempre. Esquina e carro que, assim como ele havia feito horas atrás, virou a esquina, e a menina que, eterna, cruzaria o portão que nunca pararia de balançar. Socados em seu fundo, carro, esquina, choque, sangue, gritos da mulher que foram seus urros, o corpinho que longe alçou voo com roupa domingueira igual pombinha branca brincando de ponte no céu. Curvado, pegou aquela que estava ao seu lado e a pôs no colo, mesmo que ela mais nada entendesse, estava ali para trabalhar, prestar serviço que ele parecia não mais disposto a receber. Amortecera. Por uma dor desmedida, abraçou o corpo magro, que se deixou tomar por pena, ou pela compreensão adivinhada de que os homens naufragam em dores nas camas que desconhecem. Experimentou mais uma vez a pequenez encaixada nos ombros que só sabiam abraçar sacas de juta. Encaracolou os dedos grossos nos cabelos, permitiu-se beijos de lábios crus na cabeça em seu peito. Murmurava coisas desentendidas, de um jeito de dizer para fora as coisas que no dentro sentia, desabado sobre o corpo. Porque quando a soltasse bem sabia que seria o mesmo que morrer pela metade.

no fundo das metáforas

A mãe disse que não era pra voltar de noite e eu nem queria voltar tarde porque nem tava muito a fim de jogar bola e também porque o vô Júlio ia chegar e eu gostava quando o vô Júlio passava uns tempos aqui em casa, com a mala gasta e um monte de histórias que nunca canso de escutar. Além disso, minha barriga tava doendo. Era domingo, o pai tinha feito churrasco. Entupi de salsichão, de carne e de sagu com creme que a mãe fez de sobremesa, e tava lá, atiradão vendo tevê, quando o Mosquito e os guris vieram me buscar pra uma pelada enquanto a chuva não engrossava já que tava caindo uma garoinha. O pai nem se importa que eu saia quando chove, mas a mãe fica torcendo o nariz. Sempre diz Se apertar a chuva, corre pra baixo da marquise da farmácia, olha a bronquite! Continua falando umas coisas, depois ela que não dorme fazendo leite quente com canela e guaco a noite inteira, o pai só ronca que nem uma motosserra e uns outros resmungos. O pai bem que ri nessa hora da motosserra. Ri bonito. Gosto de ver a barrigona do pai tremendo quando ele ri, e deixei os guris esperando na calçada só pra rir junto. A gente se olhou e piscou um pro outro, torcendo pra mãe não ver. Ela mandou apertar bem os cadarços do kichute pra não molhar as meias. Como se fosse adiantar alguma coisa. O campinho devia tá um barreal, todo mundo ia ficar enlameado. Mas e daí, tava de férias, nem me importava. Passava o outro dia de molho ouvindo as histórias do vô Júlio que às cinco chegava, ainda ouvi o restinho da voz da mãe quando bati o portão de ferro e o Baltazar ficou latindo, balançando o toco de rabo dentro do pátio.

    Na rua, eu e os guris. Empurra-empurra, tabelinha no cordão da calçada. É coisa bem boa, a bola sobe e até chapéu se pode dar, só treinar um pouco pra pegar a manha. Contei, nem time completo tinha, que na época das férias sempre dá desfalque, ainda mais fim de semana que uns viajam e daí é osso cobrir quem não tá. Tempo tava estranho, às vezes caía uma bomba d'água, mas a maior parte era chuvinha de molhar palhaço.

    Mal chegamos e de longe vi que o meio do campo tava virado num piscinão. O Rufino, o Duque e o Ceroula só esperando. O Rufino com aquele jeito de quem já ganhou campeonato, arrumando as meias e as chuteiras. Era o único que tinha chuteiras, ganhou do pai uma vez que foi fazer uma peneira, ver se conseguia uma vaga no clube da Azenha. O Rufino é craque. Tem o respeito de todo mundo por aqui, porque, também, quem não respeita leva pau. Ele é mais velho e mais comprido, com aquelas pernas peludas que enterra nas nossas canelas toda vez que a gente tenta driblar. Nunca conseguiu passar nas peneiras, nem as chuteiras novas adiantaram. O seu Antenor, que é o pai do Rufino, disse que ele sempre reprova por causa das panelas que tem por lá. Uma vez ouvi o pai conversando com a mãe que o Rufino não era selecionado porque era invenção do Seu Antenor. Se era ou não, sei lá. Vai ver é assim que os pais nos chamam entre eles. Se for, seu Antenor inventou o craque do campinho. Todo mundo queria o Rufino no time e naquele domingo dei sorte porque era comigo que o craque ia jogar. Só que tinha um problema. Contamos e recontamos e sempre faltavam dois. O Mosquito, que tava do outro lado, pra resolver a situação disse que na verdade só faltava um. Um pra eles, porque o Rufino era nosso. Que era mais velho, era mais alto, era maior. Que usava chuteiras. Valia dois. O Rufino deu de ombros, que tudo bem porque a gente era um bando de maricas mesmo e resmungou Tanto faz, vou fazer mingau de todo mundo, hoje eu vou meter uma sacola de gol nessas redes. Eu nem sei que rede, porque as goleiras eram só as traves que a prefeitura mandou colocar em cada ponta da cancha. Devia ser modo de dizer, tipo uma metáfora. O vô Júlio me ensinou que quando a gente usa uma palavra querendo significar outra é uma metáfora. Nem esqueci mais, ele usou um exemplo de uma moça que tinha olhos de ressaca. A moça deve ser bebum, mas não achei bom perguntar, vai que ela é parente do vô. Deu vontade de dizer pro Rufino que as redes que ele ia cansar de balançar eram de metáforas, mas ele ia me dar uns cascudos e me chamar de bicha e eu queria começar logo aquele jogo. Fiquei procurando alguém por perto que pudesse completar o time e acabei dando de cara com o Esqueleto. O Esqueleto é um guri que mora umas casas mais lá pra baixo, o pai é papeleiro e a mãe trabalha na cooperativa. Aqui no bairro o pessoal ri da cara de bobo que ele tem. De tão magro ganhou o apelido. Nem se importa, não reclama nem nada. Ele gosta de ver a gente jogar. Acho que gosta, tá sempre por aqui. Espia de cabeça baixa, que nem naquele domingo, caminhando na lateral do campinho. Aí eu acenei Ó Esqueleto, vem aqui jogar com a gente, tu vai pro time do Mosquito ser atacante que é bem magrinho e deve correr pra caramba. Nem sei porque falei, vai ver foi porque o Esqueleto foi o primeiro que vi e minha barriga ainda doía, fora que queria chegar logo em casa e esperar o vô Júlio. Os guris quiseram reclamar, o Esqueleto meio que duvidou, mas veio devagarinho, e o Rufino abriu a bocona rindo. Ria feio. Não deixei ninguém nem se posicionar. Mal o Esqueleto chegou perto da área, coloquei a bola no chão e imitei um apito. Também foi o vô Júlio que me ensinou a imitar apito de juiz de verdade-verdadeira. É tri fácil. Só colocar os dedos na boca e soprar bem forte que sai o som fininho que nem do jogo da tevê.

 Dei o passe pro Rufino e saí pra receber, mas o Rufino nem aí pra mim. Jogava sozinho. Fez uma graça pro Ceroula e depois pra cima do Zito, um pretinho meio atarracado que ficava na zaga e teimava que um dia ia parar o Rufino, mesmo o Rufino sendo um trem. Aí, meteu no meio das pernas do Zito, que ficou com cara de zagueiro bestalhão, viu o goleiro adiantado e enfiou o pé pra fazer o gol. Só que entre o pé do Rufino e a goleira, a bola encontrou a primeira poça. E o que era pra ser um foguete, virou um balão murcho. A bola rolou como se tivesse com sono e boiou na frente dos pés do Esqueleto. O goleiro gritou Esqueleto, chuta pra lateral, dá um bico, Esqueleto, porque nisso o Rufino partiu pra cima. Ninguém entendeu por que o Esqueleto não se mexeu, mas foi tão rápido que também não tenho bem certeza se a gente teve tempo de duvidar. Num segundo, o Esqueleto era uma estátua com a bola na frente dos pés. No outro, o pé descalço passou sobre a bola, como se fizesse um carinho. Quique no joelho, ombro. Rápido, a bola e o Esqueleto tavam fora da lama. O Rufino derrapou e deixou uma chuteira cravada na poça. Caiu destrambelhado, sem conseguir ver o guri magrela correr pela lateral, procurando a parte seca do campo. Depois, deu um chapéu no Duque e só parou na frente do gol. No meio da área, ajeitou o corpo, pisou firme e a perna esquerda fez aquele movimento, que vai lá atrás e volta como se a bola pedisse pelo pé, aquele movimento que todo goleador faz antes de chutar. No ângulo. Meu time levou um golaço, mas foi tão bonito que admito. Fiquei com pena deles não terem tempo de comemorar. Atrás, o Rufino bufava e tentava calçar a chuteira aos pulos que nem um saci.

 Furioso, catou a bola e chutou na canela de alguém. Pedalava sem marcação e quase que driblava ele mesmo. Xingava todo mundo de filho da puta, Vou mostrar quem é que vai fazer gol nessa merda, isso e aquilo. O Rufino sempre fazia fiasco, mas, assim, de ficar roxo de tão brabo, nunca tinha visto. Tenho certeza que os guris tavam tão cagados quanto eu, porque ninguém gosta de voltar pra casa meio que quebrado. Só que a bola era teimosa e surda e estacionou em outra poça. O Zito correu e se meteu na frente. Fingiu que ia cortar pra deixar o Rufino assumir logo a posição de craque do campinho. Juro que lembrei do seu Antenor. Ele tinha razão, o Rufino tinha um azar danado com essas coisas de panela. No panelão de água, sem querer, o zagueiro ganhou pela primeira vez a disputa com o craque. De um jeito esquisito, espirrou um balãozinho bem onde tava o Esqueleto, que disparou, tocou curto e recebeu adiante e quando viu o Duque chegando firme, soltou um elástico, que fez o Duque cair pra um lado, quase deixando a bunda cair pro outro. Na área, podia ter chutado, mas o Esqueleto nem fominha conseguia ser. Deu o passe pro Mosquito só aparar e ver a bola entrar jeitosa, sem pressa pra se acomodar no canto das metáforas do Rufino. Alguém gritou gol, o Mosquito saiu aos pulos, foi água pra todos os lados. Abraçou o Esqueleto, que continuava com a mesma expressão, só um sorriso de canto. Podia dizer que ele tava metade feliz. Nessa hora, pensei que morava um outro guri dentro dele, que queria rir, mas devia ser difícil o corpo magrelo guardar ele e mais o outro, o Esqueleto-esquisitão. Pro Rufino não importava quantos Esqueletos existiam. Correu pro meio do campo, os dentes arreganhados, Veadinho, ou tu vai pro gol ou eu vou quebrar todo mundo. A gente se olhou. O Esqueleto baixou a cabeça e mediu a goleira, e eu achei que até chovia mais forte entre as traves.

    O jogo recomeçou nervoso. Os pingos tinham engrossado e a camiseta grudava nas costas. Tava ruim de correr. Por mim, deixava o Rufino se exibir um pouco, marcar uns gols e apitava o fim da partida. Me mandava pra baixo da marquise da farmácia e começava a rezar pra mãe estar nos fundos de casa quando eu voltasse feito um pinto molhado.

Dei um chutão, alguém passou pro Rufino, que, na área, dominou a bola, girou o corpo, tirou o Zito com a gingada e ficou de cara com o Esqueleto. Todo mundo pensou que ele fosse meter uma bomba pro gol. Mas a bola grudada nos pés fez o drible, e aí só sobrou a armação de metal, as redes esperando pra serem estufadas e os gritos da torcida ecoarem na cabeça do Rufino. Tudo parecia certo, se não fosse o corpo do Esqueleto esticado, voltando pra trás feito mola, os braços de vara nos pés do Rufino, atrapalhando o chute, segurando as únicas chuteiras do campinho. As pernas peludas despencaram, o rosto explodiu na lama junto com o urro. Ninguém nem duvidou que foi pênalti, o que todo mundo duvidou foi que o Esqueleto tinha feito pênalti no Rufino, tinha parado o Rufino e, pior, tinha parado o gol do Rufino.

É ruim ficar de olhos abertos quando chove forte, mas deu bem pra ver o soco. Logo foi uma gritaria, e mais a gritaria cresceu quando o Rufino chutou uma e depois duas vezes o Esqueleto pra dentro do gol. Rosnava e grunhia mais que o Baltazar quando chega o carteiro. O Ceroula e o Zito bem que tentaram segurar, mas ninguém segura um trem quando sai do trilho, lembrei do que o vô Júlio dizia. A gente pulava nas costas do Rufino, dando soco e puxando o cabelo. Só que os braços giravam, o Rufino era um helicóptero nos atirando longe e mandando chuva pra todos os lados, enquanto chutava e cuspia no Esqueleto, que rolava pelo chão. A cabeça do Esqueleto afundava na panela de água que se formava atrás do gol, pressionada pelas mãozonas do Rufino. A cara vermelha, o pescoço inchado do Rufino que gritava e apertava mais o Esqueleto contra a terra. O chão abraçava os dois. O Mosquito gritou pela rua e chamou os adultos que estavam fazendo a sesta. O seu Ciro, da farmácia, levantou o Rufino aos sacudões Tá doente, guri? Daí lembrei da mãe, que a mãe ia ficar furiosa porque eu tava encharcado, porque meus pés tavam afundados até a metade na água e ela ia passar a noite acordada, esquentando leite com canela e guaco, enquanto o pai roncava que nem uma motosserra. Deu uma dor na barriga, uma dor muito maior que antes, até que o salsichão, a carne e o sagu com creme resolveram voltar tudo ao mesmo tempo pra garganta. Segurei em uma das traves e vomitei. Foi uma sensação toda esquisita, até fiquei meio surdo, só via o resto do churrasco misturado no caldo vermelho de lama e sangue.

Eu pensava que seria bom correr pra baixo da marquise, dar um pique bem rápido e atravessar por dentro da chuva. Mas minha mão tinha grudado na trave. Só sentia meus pés atolados no barro, enquanto via o Esqueleto no chão feito um boneco que uma vez o vô Júlio me trouxe, que quando se solta as cordas fica todo desengonçado. Olhava pra mim de dentro do gol, enredado nas metáforas.

no inferno é sempre assim

Era uma sexta-feira de dezembro, e o dia parecia ter preguiça de começar; a mesma lombeira que o menino sentia ao sair da cama, calção justo, corpo até cozinha, passo arrastado. Gotas de suor apostavam corrida pelas costas magras enquanto sentava à mesa. Antes de ver, adivinhou a mistura de muita água e pouco pó de café na caneca de lata – a mesma modorra insossa da vida.
Um calor rachando a cabeça, rachando a rua de terra. E se por acaso tivesse a sorte de ter uma galinha no pátio, fritaria ovos no asfalto. Dezembro, o sol inundava a cidade. Inundava Porto Alegre, uma cidade que não serve ao verão. Mormaço pesava nos ombros, fazendo valer cada gota de umidade no ar. Eram quase sete horas e daqui a pouco desceria até o asfalto. Pouco corpo contra o muro, feito um gato que caminha rente à parede para evitar o sol.
Porque era assim – os dias arrastavam-se virando semanas, e as semanas viravam meses, e os meses somavam anos, sempre os mesmos, girando trezentos e sessenta graus – tinha se acostumado a acreditar que estar vivo era

acordar muito cedo e ver entre as frestas do barraco que o sol ainda não tinha nascido, que isso que as pessoas chamam de vida não era outra coisa senão passar por baixo da roleta do ônibus, levando uma caixa cheia de balas de goma. E o que outros diziam ser destino limitava-se ao cotidiano de tentar voltar para casa com a caixa vazia e o bolso cheio. Não por felicidade, mas para evitar uma surra.

Mesmo após a partida do pai, até depois que vieram avisar que o corpo havia sido encontrado na vala, perto da sinuca do Waldinei. Ainda assim, sentia nas costas o ardido nas marcas da fivela quando tudo que via durante o dia era seu próprio rosto no reflexo dos automóveis. Oferecia os doces, dois por um, três por dois, um por nada poderia dizer para toda gente que, de rabo de olho, o evitava. Em casa, noite após noite, a caixa quase cheia em cima da mesa, a mãe de fala vazia. Servia a comida enquanto a televisão fazia às vezes de família, contando a rotina de outras vidas. Deles, o ruído de colheres nos pratos lascados, catando o remexido pelo balanço do ônibus. O pouco do almoço que a mãe havia aprendido a fazer sobrar na casa da patroa.

Agora, era uma sexta-feira. E se não fosse pelo pedido da mãe na noite anterior, subiria no ônibus, engatinharia por baixo da roleta, empurraria o rosto contra os vidros fechados, chuparia as unhas quando o açúcar das balas melasse os dedos. Os olhos pretos, o rosto quase como uma sombra, as sobras no fim do dia. Um resto de vida.

Bebeu o café, calçou os chinelos, pegou a caixa das balas e, de cima da mesa, o envelope branco que a mãe havia deixado. "Uma conta. Tu paga pra mim amanhã de manhã?". Não tinha entendido direito, coisa da patroa que tinha viajado e deixado por fazer. "Pode ser na loteca perto da tua sinaleira. Eu sou atrapalhada com essas coisas, tu sabe". E a mãe era. Não sabia ler nem desenhar o nome. Ele sabia fazer o troco e adivinhar o que diziam os letreiros das propagandas. Também não era tanto dinheiro assim, desceria na frente da casa lotérica, pagaria a conta, guardaria o comprovante no bolso e de noite entregaria para a mãe. "Não vai perder o tal do papel, guri". Não, ele não perderia o papel. A patroa nunca iria saber, pensaria que tinha sido a mãe e assim ficaria satisfeita. Porque a mãe era atrapalhada e não sabia ler, "mas faz tudo que a gente pede. E hoje em dia não se acha mais empregada que dê para largar dinheiro na mão".

Fervia-lhe a cabeça, suor brotando no cabelo. O envelope rente à barriga, por baixo da camiseta. Molharia tudo, mas não importava. Dinheiro valia igual, molhado ou seco. Na descida do morro, encontrou o vizinho de porta e de sinaleira. Cumprimentaram-se. A areia seca se revirava em uma nuvem vermelha de pó.

Contra o sol, o chão fazia laranja a estação. Abraçados pelo ar quente de dezembro, pareciam irmãos, os mesmos olhos foscos e risos pardos. No ônibus, comentou sem vontade que desceria um ponto antes, precisava fazer uma coisa "lá pra mãe". O amigo não parecia muito interessado, uma outra euforia tomava conta. Não iria para o sinal. Um trabalho novo, "consegui uma coisa aí". Com umas pessoas, gente importante. Estava cansado de voltar sempre com meia dúzia de notas sujas, a sujeirada das balas derretidas. E ele não estava? Ouvia sem ouvir, pensando que até poderia estar. Mas que trabalho era tão diferente? E ainda essa, hoje, ter que descer mais longe e ainda aguentar fila.

    Saltou do ônibus na quietude de sempre – a mesma sensação maçante de conhecer os outros dias. Dois moleques andando lado a lado, dividindo em gotas gordas o calor do verão. Despercebidos entre tantos que terminavam mais uma semana. Um dia de adiantar os minutos e pular tarefas, projetar compromissos para o fim da tarde, pensar no alívio do ar-condicionado em shoppings e cinemas. Mas ele não conhecia o desejo por sextas-feiras, ele que flutuava entre lufadas de mormaço, vendo prédios, carros, pessoas, transformando a cidade em miragem. O envelope grudado à barriga – era engraçado ter algum dinheiro, que é coisa de matar o gosto, fazendo companhia para a sua fome, coisa de gosto amargo.

    Azul e letras brancas, a placa da lotérica submergia no ar espesso. Não havia movimento, apenas uma moça de tranças compridas fazendo uma aposta. Logo atrás deles, entrou uma senhora gorda, abanando o rosto com volantes da mega-sena, os seios quase pulando para fora da blusa apertada. Um inferno o calor na lojinha. E porque no inferno é quente e faz verão o ano todo, trabalhava, já cansada, uma mulher do outro lado do balcão. Os meninos arrastaram os chinelos, seguidos pelo olhar desconfiado do segurança, que deixou seu posto e entrou com os dois, parando ao lado do caixa.

    Costume pela constante vigília de tantos olhos, costume pelas caretas tortas que sempre haviam recebido. Descaso por saber de jeito simples que nada demais ali

queriam. Por qualquer motivo ou por nenhum, os meninos não notaram o homem que fazia pose de herói, comentando para as paredes que nenhum vagabundo tinha roubado sequer um tostão por ali. A voz grossa misturada com reclamações da gorda, suor escorrendo pelo regaço, afinal estava insuportável viver nessa cidade, essa temperatura era de matar e além de tudo tinha que ficar enfrentando filas, dividindo espaço com pivetes sujos.
A moça de tranças passou pelo menino, que não chegou a falar. Porque foi tão rápido e porque não esperava.
Queria pagar uma conta está tudo aí nesse envelope e desculpa o envelope meio molhado mas prendi no calção para não ter perigo e eu suo muito mas dinheiro é dinheiro né então tá tudo aí só não esquece de me dar o papelzinho. Assim seria, mas nada disse. Colocou a mão debaixo da roupa no mesmo instante em que o amigo levantou os braços, espreguiçando a manhã. E, antes de tirar a mão e de tirar o envelope, congelou. Mesmo suando, sentiu o frio tomando o corpo e parando nos dedos quando ouviu o grito agudo – e ainda teve tempo de se perguntar por que todas as gordas soltavam gritos finos.
Não pôde olhar, nem precisava, adivinhou. "Armado", repetiu três vezes a mulher. O amigo se assustou, sentindo – e, por sentir, lembrando – o cano do revólver na cintura. A mulher gritava, agitando os braços, as pelancas se debatendo no ar. Os olhos esbugalhados no guri que sem saber o que fazer buscou o olhar da moça do balcão. Ela, lábios abandonados pelo batom, olhou em socorro para o segurança, e esse, adivinhando estar ali a oportunidade de brilhar com medalhas de bairro, sacou

a arma apontando para ele, que, com medo de ter alguma certeza, não olhava para ninguém. "Não mexe essa mão, pivete". Ele não iria mexer. A mão continuaria encharcando o envelope, sentindo o papel. Não faria nada. Estava congelado de calor.

O amigo decidiu rápido. Não era mais um guri que vendia balas nas sinaleiras. Agora, era alguém que tinha emprego, que conhecia gente, pessoas importantes. Agora, fazia serviços e, por isso, ganhara uma arma e, por isso, lhe tomava o direito de pensar rápido e medir decisões. Segurou o revólver, e era a segunda vez que segurava o revólver, apontou para a gorda, e era a primeira vez que apontava uma arma, porém o fato de ser alguém fazia o cano ser simples extensão do seu braço e a mulher calou diante do buraco negro que lhe fazia frente. Larga a arma, o menino achou ter ouvido. E ele não via, mas se era para largar, realmente existia uma.

Nesse momento, quis dizer que era tudo um engano. Queria só pagar uma conta. Um favor para a mãe. Trocar o dinheiro molhado pelo comprovante. Mas o café aguado subia do estômago virando saliva. Eram tantas coisas, as balas de goma, as sinaleiras, a mãe cansada, as surras do pai. Amontoados de coisas cresciam no mesmo minuto, e ele não sabia viver minutos cheios.

Era o amigo? Esse que girava o corpo? E era o seu braço que lhe havia batido as costas, queimando-lhe nas cicatrizes? Era a voz do amigo que mandava a mulher sair da frente e repetia que corresse logo? – voz que foi sendo perdida, até que só soubesse respirar o silêncio. E, na verdade, mal conseguiu puxar o ar, foi pouquíssimo o tempo. A gorda lembrou que ainda vivia, abriu a boca suada e, cuspindo-lhe nas costas, cingiu o ar com mais gritos histéricos. A moça do caixa o olhava, e o que dizia nos lábios sem batom? Largar que arma, se o amigo parecia ter ido embora? Um pagamento, só isso. E, além de tudo, tinham aparecido todas essas coisas, tantas coisas de uma vida, entaladas na garganta, como o Waldinei, que quase tinha morrido com uma espinha de peixe. E porque parado era só mudez, resolveu mostrar. Olhou para o segurança, a arma apontada para seu corpo quase derretido de tão quente. Esse calor terrível, salgando de suor o envelope que tentou tirar de baixo da camiseta.

Já tinha escutado tiros, é claro que sim. Mas nunca tão perto, nunca na sua frente. O cano, o estampido, mais histerismo e agora um urro – foi assim, único e retorcido, o urro que a moça deixou fugir entre os lábios.

Estava frio o piso, e isso foi bom. As costas ensopadas, agradecidas no gelado. As pernas dormentes, o som da cabeça no chão. O envelope soltou dos dedos. E eram dedos que não mais conseguia sentir, tão estranha a sensação das mãos não lhe pertencendo. Sabia que sua camiseta encharcava, inundando no calor que parecia esmagar. Cada vez mais quente e os olhos cada vez mais marejados, os gritos da gorda fracos como a voz da mãe cantando no tanque, enquanto ele sumia debaixo do chuveiro, esfregando as orelhas.

Como nos filmes de deserto, viu oscilar o teto, a moça do outro lado do balcão. E ela parecia chorar, ou será que apenas suava? Porque estava cada vez mais quente. O segurança cresceu ao seu lado. Como é que eu ia adivinhar, entraram juntos e ele com a mão por baixo da camiseta? Queimando a garganta, devia ser o café aguado, porque todo esse calor estava lhe provocando uma náusea, devia ser só o café que voltava ou o suor, o mesmo que escorria do seu corpo, formando uma poça no piso. Queria explicar de uma vez aquela confusão, só precisava pagar uma conta para a mãe, que estava fazendo um favor para a patroa, que acharia que a mãe era muito boazinha e assim manteria o seu emprego e até, quem sabe, lhe desse uma galinha e uma garrafa de cidra, já que era quase Natal. Havia nele certo alívio, porque sabia que agora o envelope seria visto, e tudo bem, era pegar o papel, colocar no bolso, e talvez hoje, já que essa manhã parecia não pertencer ao seu verão, vendesse todas as balas. Uma placidez em saber que tudo seguiria simplesmente sendo. E a mãe não perderia o emprego porque era atrapalhada, mas era tão boa a mãe. Que o envelope fosse pego logo, pois cada vez mais afundava em suor no calor insuportável. E no inferno é sempre assim, verão o ano inteiro.

arqueologia das práticas

> Pena é que a maior parte
> do que existe com essa exatidão
> nos é tecnicamente invisível.
> Clarice Lispector

Na rua, o vento quente de fim de primavera podava uma a uma as árvores, formando no chão um tapete doce de ipê. Na rua e nas esquinas, o bafo quente de fim de primavera invadia sem pedir passagem o cardume urbano, os carros mal estacionados, os cordões sujos das calçadas não-pintadas. Na rua, nas esquinas e nas calçadas, os transeuntes de fim de primavera deixavam-se envolver pela textura acre de cada minuto, empurrados pelo fim do dia – que, sendo uma sexta-feira, empurrava também o resto de semana.

Despediu-se do calor, entrando no supermercado. Levou alguns instantes para desfazer-se do choque; o ar-condicionado gelava o ambiente sem janelas, emprestando-lhe o ar de permanência das coisas. Ela desejava ser o espaço, a temperatura constante, cores e formas em oferta. Porém, não passava de mais uma a percorrer a geografia metódica de prateleiras e mantimentos.

Poderia enganar-se e fingir que tudo estava bem, que tinha conseguido prestígio considerável no meio em que trabalhava. Poderia dizer para si mesma que fazer as compras para o fim de semana e escolher um congelado para jantar sozinha não passava de uma dádiva concedida apenas às mulheres maduras e economicamente estáveis. Não possuía coragem para tanto. E, na ausência desta, deixava-se engolir pelo supermercado, mastigada e mecânica ao pinçar itens das prateleiras e colocá-los no carrinho. Procurava desfrutar do prazer barato de não ter o corpo derretendo pelas ruas, olhando para todos sem ver nenhum, guardando as embalagens lado a lado, dando-se o direito de algumas extravagâncias como o vinho do porto e as postas rosadas do salmão. Alcançaria, quem sabe, a completude em alguma daquelas variadas formas.

    Navegava no ritmo da música ambiente que mal percebia. Havia se tornado impessoal nos últimos meses, recusando os convites dos amigos, ignorando colegas, esquecendo a presença da secretária eletrônica. Não tolerava sorrisos simpáticos, manifestações piedosas.

    Domava sua própria vida, suas próprias escolhas, impondo-se um calvário sem pequenas distrações. Além do trabalho, permitia-se somente prazeres solitários como livrar-se da modorra do dia feito náufraga em um supermercado.

    Nessa tarde, porém, resolvera resgatar um ponto, mesmo sendo esse ponto ainda um segredo. A exatidão tecnicamente invisível da maioria das coisas existentes poderia, quem sabe, estar escondida na forma de uma vida mais saudável, de uma rotina com mais beterrabas e betacaroteno. Resolvera resgatar, além do ponto, um sentido secreto – o mistério das coisas boas.

Desejava para si a virtude sumarenta dos pêssegos, enquanto manobrava pela seção de frutas e verduras, espantando-se com a variedade de cores e formas – refrescava os olhos no verde dos limões e vislumbrava os pingentes que adivinhavam a doçura das uvas amontoadas à sua frente. Quase enternecida, resolveu iniciar pelas laranjas. Acarinhou a superfície e já sentia os dentes rompendo a tênue membrana entre os gomos a liberar o caldo que deixaria – como um prazer tão pequeno quanto as gotas que formam uma laranja – correr pelo queixo. Carícia até o pescoço.

Então, sem pensar em nada, praticamente sozinha no supermercado lotado, sem nenhum rancor pelo fim de semana que viria, sentindo-se quase plena pela quasefelicidade, o viu.

Do outro lado, depois das laranjas. Protegido por outro monte, de maracujás. Primeiro, reconheceu a mão, juntas grossas que, em um esforço imperceptível a todas as outras pessoas, dobraram-se como devem fazer todas as juntas quando os dedos sentem a vontade de algo pescar.

Um maracujá foi escolhido e levado até a altura do rosto. Um homem que há muito não via e um homem que muito havia chegado a amar. Ele balançou duas vezes a fruta perto da orelha, e duas vezes ela lembrou que ele fazia aquilo para verificar se estavam maduras. Pareceu satisfeito, guardando-a no saco plástico, e levou a mão outra vez ao monte. À gôndola de maracujás, o homem parecia uma península.

Ela sentia-se uma árvore transplantada, raízes retorcidas, reticentes e reservadas a uma terra que nunca lhe pertenceria. Assim, toda árvore, os braços semiestendidos, sabia das laranjas – uma em cada mão – que passaram a pesar tanto quanto lhe pesava o peito. Por milésimos de segundo, tentou lembrar quanto pesava um coração humano. O coração dos homens. Mas desistiu da lembrança, pois seria tão inútil saber o número exato dessa medida quanto seria inútil disfarçar, dar as costas, fingir que era outra pessoa.

Ele já a olhava. Feito árvore, dessas árvores muito antigas, as raízes acomodadas no generoso solo que lhe cabia de alimento. Ela não soube se o maracujá que ele ainda segurava recrudescia no espanto daquele encontro, ou se era a pele dele que murchava tão depressa, avisando-a que entre os olhos encontraria depressões, quem sabe córregos, que desconhecia.

Aproximou-se movida pela inevitabilidade dessas situações, quando um tem que caminhar em direção ao outro, evitando – e penoso é o evitar – o olhar que ele, ousado, tratava de lhe plantar. Murmurou seu nome mais para convencer-se do que chamá-lo, enquanto ele ameaçava sorrir. De fato, ele o fez, mostrando que seus dentes continuavam os mesmos, levemente amarelados onde um encontrava-se com o outro, mas seus lábios pareciam mais finos, e as rugas ao redor, mais acentuadas.

Frondoso, ele a envolveu pelos ombros, o cheiro selvático da colônia masculina competindo com o ar doce de frutas passadas. Contida, como se tivesse saído de uma poda, deixou-se abraçar, os dedos tentando encostar quase nada em suas costas, como se o tecido da camisa azul fosse feito da mais forte de todas as colas. Ouviu-o falar que era ótimo vê-la e que ela estava linda. Respondeu que ele também estava muito bem e, nesse momento, arrependeu-se, conseguindo com algum esforço terminar a frase.

Ele agradeceu, disse que se sentia realmente bem, que estava fazendo outro tratamento, que lhe tinham apresentado uma coisa nova e espetacular. Alguma coisa com cogumelos plantados por um japonês que morava no Paraná ou quem sabe uma dieta macrobiótica, pois enquanto ele falava, ela reparava que sua cesta de compras era composta de um pé de alface-chinesa, duas garrafinhas de água, cenouras, pacotes de cores duvidosas que deveriam ser raízes, fibras ou qualquer uma dessas coisas cujo gosto não adivinharia. Agora, ele contava sobre uma viagem para consultar com alguém importante, mas ela escutava sem entender, fugindo, o olhar fixo em seu próprio carrinho, onde viajavam latas de molho pronto, uma pizza congelada que lhe serviria de janta, refrigerantes, geleias, requeijão, tudo com um selo de baixas calorias e alto grau de conservantes.

Tentou lembrar quando tinha resolvido que não poderiam compartilhar as mesmas compras. Lembrança antiga que, para alcançar, precisou passar pelos olhos dele. Não esses olhos que agora guardavam brilho aquecido pelo encontro, mas os olhos que congelaram como se fossem polos Norte e Sul na noite em que ela comunicou que estava tudo terminado. Na memória, espanou os lábios cerrados que nada disseram, tão diferentes desses que agora lhe derramavam elogios, carinhos como o do caldo da laranja que lhe tinha aquecido o pensamento. Precisou livrar do mofo o telefonema do mês seguinte, quando ele lhe contara que fizera alguns exames, que ela não entrasse em pânico ou desespero ou nada mais, que aquilo não era uma chantagem, pois ele nem tinha mais idade ou paciência para chantagens, mas que depois de quase seis anos juntos talvez lhe coubesse saber que ele tinha um câncer. Precisou limpar a nódoa grossa de dor que essa lembrança, mais que todas as outras, causava-lhe. Patético seria deixar-se arrebatar pelo choro, já que estava no meio de um supermercado, na esquina da gôndola das laranjas com a dos maracujás. Transmutar-se em lágrimas, naquele momento, não adiantaria nada, muito menos serviria para lavar o mutismo com que recebera a notícia meses – e já faria um ano? – atrás. Apenas sabia – e talvez só tivesse percebido nesse instante, no momento em que estranhara as marcas que nunca vira em seu rosto e finalmente derase conta por que ele usava uma touca em um dia tão abafado –, sabia que não iria tolerar vê-lo morrer. Ruindo nessa certeza que era muito sua, suportou todas as perguntas, tentando responder da melhor forma possível que continuava a fazer as mesmas coisas, que, como ele devia saber, a universidade estava em greve e aproveitara o ócio para adiantar algumas traduções. Entusiasmado, perguntou de quem seria a obra e, quando a ouviu em seu francês impecável, brilharam-lhe mais os olhos – que, se não fossem tão tristes, poderiam ser doces. Por ser polido, ou quem sabe por ser sincero, revelou que esperaria ansioso a chegada do livro às lojas. Por estar sem jeito, embaralhada na vida, ou quem sabe simplesmente por ser estúpida, disselhe que não esperasse tanto, estava no início do trabalho e seu prazo estender-se-ia por mais um ano.

Ela adivinhou que o que viria a seguir seria um instante constrangedor de silêncio quando deixou de ouvir a rotina insuportável dos corredores. Sentiu como se a lufada quente de quase verão – e nem mesmo deu-se conta de que era impossível o ar úmido vencer corredores e ar-condicionado – estivesse lhe varrendo as últimas vozes que grudavam em seus ouvidos, dilatando-se no cérebro, principalmente nos lugares reservados às lembranças. Memória é a faculdade de conservar e lembrar estados de consciência passados e tudo o quanto se ache associado aos mesmos. Como uma acepção, vislumbrou os últimos meses em que estiveram juntos e a intolerância que começara a criar pelo fato singelo, mesmo singelo parecendo ordinário e clichê, de que ele a amava.

Ele poderia ser meu pai, um dia pensou enquanto ele barbeava-se, exato nos gestos. Os cabelos grisalhos, rebrilhos contra a luz fria do banheiro. Com o olhar, visitava-lhe a pele descoberta pela espuma, encostada no marco da porta. Ensopada pelo vapor, deu-se conta de que o ar morno, o que restara do banho dele, abraçava-a. Percebeu que aquela era a única umidade que, nos últimos tempos, ele havia sido capaz de lhe conceder – sentiu o enjoo. A ansia revirava-lhe o sentido, e o vapor deixou de aquecê-la para grudar-lhe pelo corpo como algo ruim. Deixou-o na tarefa diária e lenta, vestindo-se rápido, dizendo-lhe que tinha aula logo cedo e, por isso, não o esperaria.

Durante o dia, debatia-se na certeza de que aquele mal-estar era o sinal de algo finito. E a dor de cabeça não lhe perseguira apenas por dar-se conta de que terminaria com um relacionamento, mas porque esse fim coincidia com o final patético de sua juventude. Reconheceu, refletidos no espelho do banheiro da universidade, seus vinte e nove anos. Sentia-se precária, quase pobre, uma infelicidade a dar-lhe cãibras por não ter a menor ideia do que fazer com esses números. Ele terminou com o silêncio, aquiescendo. O livro chegaria no tempo certo e ele ficaria feliz por ela. Sentiu como se colheradas cheias de raiva estivessem sendo servidas em seu coração, misturadas a xícaras de culpa. Ele acomodou os maracujás entre os outros víveres, dizendo que eram para suco e com açúcar mascavo ficariam especialmente bons.

Ela recostou-se na gôndola procurando apoio, enquanto ele proferia as frases banais de quem encerra um encontro. Ficasse bem, havia sido bom reencontrá-la, o trabalho seria um sucesso, ela tinha tanto potencial. Estava plantada, voltara a ser árvore. Suas raízes dormitavam quando percebeu em uma maçã da gôndola vizinha o reflexo. Seu falso rosto, rubro, lotado de uma vergonha que não soube por onde escoar. Aterrorizada, deixou-se abraçar mais uma vez.

Quis perguntar onde ele encontrara calma e tanto desprendimento, se por acaso era efeito dos cogumelos do japonês, o carinho com que lhe beijou as bochechas. Porque queria mais do que nunca que ele gritasse, mesmo consciente de que ele não gritaria. Queria jogar-se no chão daquele supermercado impessoal, terrível, daquele tinhoso fim de tarde que apenas antecedia um fim de semana medíocre, em que ela passaria os dias aquecendo água para o café, lotando cinzeiros e tentando encontrar em que ponto da vida tinha se tornado alguém tão ruim, capaz de deixar um homem como aquele quando ele mais precisara.

    Egoísta, até mesmo quando tomada de autopiedade, era incapaz de supor que talvez não fosse tão necessária, e que ele, apesar de parecer bem mais velho e de sua pele confundir-se com a casca vincada do maracujá, poderia estar satisfeito e dando-se a outra em sucos quase ácidos, porém bondosamente adoçados por um punhado de açúcar mascavo.

    Pressentiu a força da ação do ar-condicionado e, diferente de minutos atrás, desejou que as paredes ruíssem e pudesse ver o céu, mesmo sabendo que o azul seria tão intenso quanto o da camisa que ele vestia. E talvez quisesse o peso do firmamento, pois, mais uma vez, afundava-se no clichê de pressentir que ele havia sido o seu céu, e agora se afastava encerrando a tarde de sexta-feira, abrindo a noite onde a primeira estrela anunciaria o sábado solitário. Crédula de que não tinha mais nada a esperar de um falso conhecimento objetivo, ou das ilusões subjetivas que até ali tinham lhe guiado, parecia compreender que a única forma de continuar vivendo era apegar-se à inevitável arqueologia das práticas que lhe fizeram ser o que era.

    Além do ponto. O sentido secreto das boas coisas cada vez mais distante, perdia-se no meio da multidão inocente. A touca estranha para um dia tão abafado, envolvendo ideias que ela não teria a oportunidade de entender. Porque até mesmo no caos existe lógica, disseram-lhe uma vez. Apegava-se à caótica razão que lhe fazia ficar na ponta dos pés, procurando-o entre tantas outras cabeças descobertas. Até que, em uma conversão à direita, perdeu-o de vista.

Obrigada aos meus pais, Arabela e Paulo, que me criaram com humor e alegria suficientes para escrever sem medo a respeito do que me inquieta e do que me dói no mundo.

Obrigada à Taís, sempre. Por nunca sair do meu lado, nem mesmo na volta ao dia em 80 mundos, nos temporais em praias esquecidas del sur ou nas chuvas aleatórias da floresta subtropical. Teria que repetir um bocado de vezes, obrigada e obrigada, pelo carinho com que abraçou esse projeto como se fosse seu.

Obrigada ao mestre Charles Kiefer, modelo não só pela sua obra, mas por sua generosidade e caráter como autor e professor – eterno guerreiro na batalha pela literatura.

Obrigada aos colegas de oficina que contribuíram com suas leituras e comentários críticos. Para não cometer injustiças, agradeço através de Cris Moreira e Leila D. S. Teixeira, grandes escritoras e amigas – fundamentais para que as mancuspias não morram de fome.

Obrigada à Dublinense, ao Bruno Osório, à Monique Revillion, ao pessoal da Palavraria e ao Rodrigo Rosp, amigo, chapeleiro-maluco, gremista e editor exemplar.

Obrigada a você que chegou até aqui. E que deve ter percebido que existem, em alguns contos, uma série de citações ou fragmentos que não estão grifados. Muitos desses, de tão incorporadas, nem reconheço mais como citações. Outros não foram citados porque fazem parte da brincadeira, do grande jogo da amarelinha que é a literatura. Aos puristas, meu perdão.

Por último, um agradecimento especial àqueles que, volta e meia, divertem-se comigo nesse tabuleiro literário. Obrigada Caio, Clarice, Jorge, João e Júlio, pois, através de suas vozes, eu pude, enfim, escutar o eco da minha própria voz.

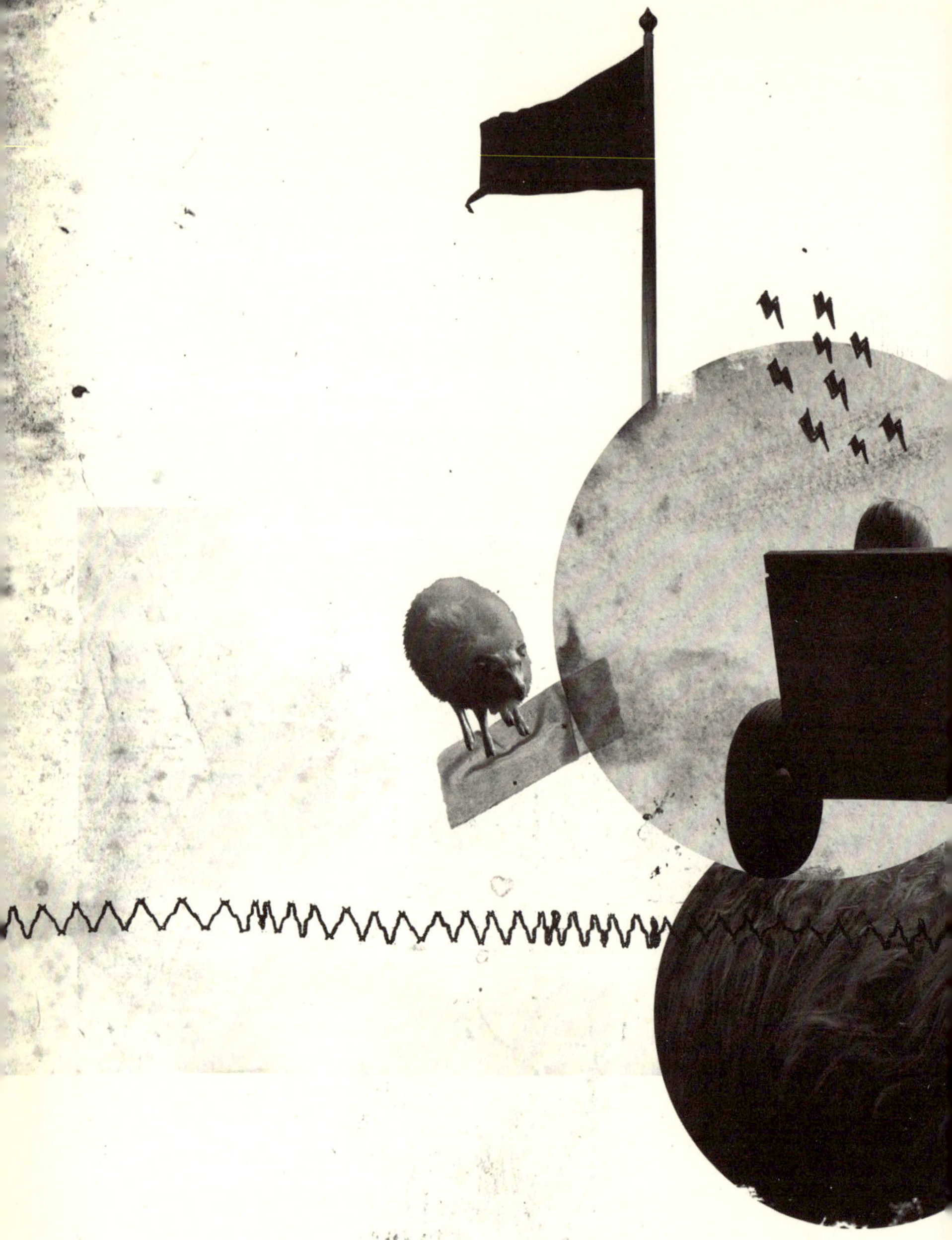

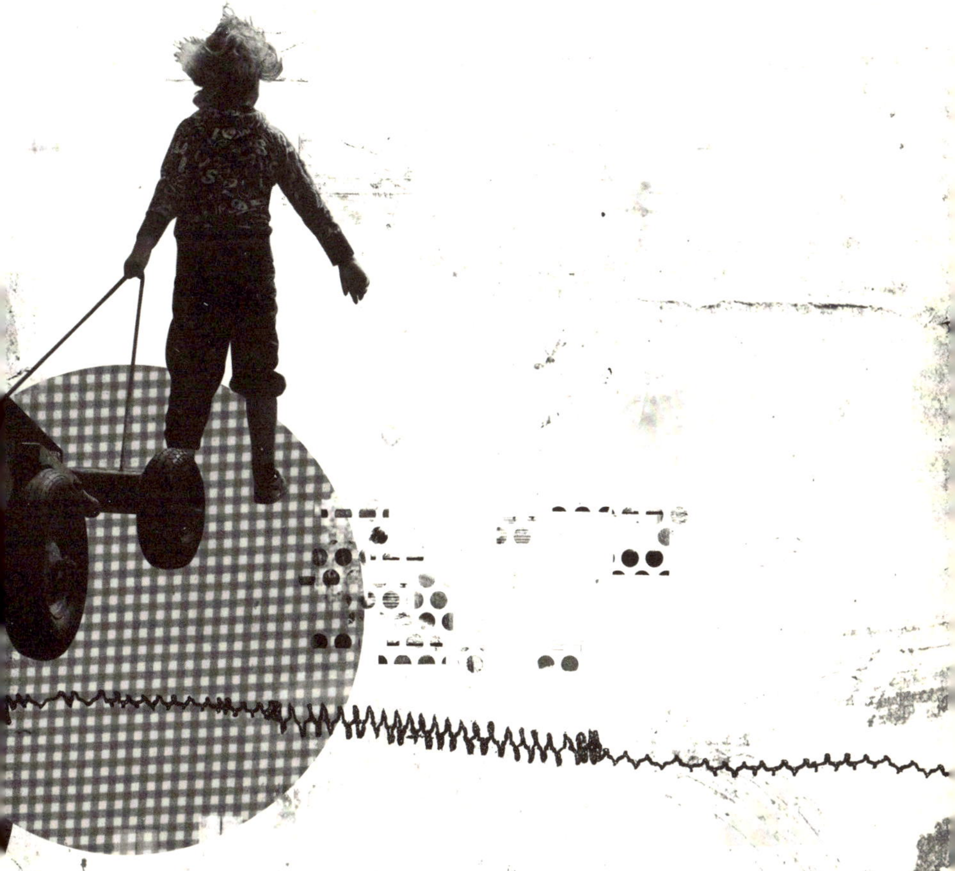

ROMANCE

Sanga Menor · *Cíntia Lacroix*
Enchentes · *Guido Kopittke*
Crime na Feira do Livro · *Tailor Diniz*
Moinhos de sangue · *Ana Cristina Klein*
Fetiche · *Carina Luft*
Sob o Céu de Agosto · *Gustavo Machado*
Helena de Uruguaiana · *Maria da Graça Rodrigues*
Aventuras de Tomé Pires · *Norma Ramos*

CONTO

Um guarda-sol na noite e outros contos · *Luiz Filipe Varella*
O Ideograma Impronunciável · *João Kowacs Castro*
Mar quente · *Enio Roberto*
O girassol na ventania e outras histórias · *Marco De Curtis*
Outras mulheres · *Charles Kiefer (org.)*
Contos da mais-valia & outras taxas · *Paulo Tedesco*
O quase-nada · *Valmor Bordin*
Entre sombras · *Saul Melo*
Ponto final · *J. H. Bragatti*
No inferno é sempre assim e outras histórias longe do céu · *Daniela Langer*

POESIA

Cor de maravilha · *Maria Joaquina Carbunck Schissi*
Menino perplexo · *Israel Mendes*
Leia-me toda · *Claudia Schroeder*
Rabiscos no pensamento · *Helena Hofmeister Martins-Costa*

Para consultar nosso catálogo completo e obter mais informações
sobre os títulos, acesse www.dublinense.com.br.

dublinense

Este livro foi composto em fonte Arno Pro e impresso
na gráfica Pallotti, em papel pólen bold 90g, em abril de 2011.